I0600393

Cruzando la Frontera del Sur

¿Valía la pena el riesgo?

Por Sally J. Doran

Reservados todos los derechos.

Ninguna parte de este libro puede reproducirse en ninguna forma sin el permiso por escrito del editor o del autor, excepto según lo permita la ley de derechos de autor de EE.UU.

Esta es una obra de ficción. A menos que se indique lo contrario, todos los nombres, personajes, negocios, lugares, eventos e incidentes de este libro son producto de la imaginación del autor o se utilizan de manera ficticia. Cualquier parecido con personas reales, vivas o muertas, o con eventos reales es pura coincidencia. El presente libro se vende con el entendimiento de que ni el autor ni la editorial prestan servicios legales, de inversión, contables u otros servicios profesionales. Si bien la editorial y el autor han hecho todo lo posible para prepararlo, no ofrecen ninguna garantía con respecto a la exactitud o integridad de su contenido y renuncian específicamente a cualquier garantía implícita de comerciabilidad o idoneidad para un propósito particular. Los representantes de ventas o materiales de venta escritos no pueden crear ni extender ninguna garantía. Los consejos y estrategias aquí contenidos pueden no ser adecuados para su situación. Consulte con un profesional cuando corresponda. Ni la editorial ni el autor serán responsables de ninguna pérdida de beneficios ni de ningún otro daño comercial, incluidos, entre otros, daños especiales, incidentales, consecuentes, personales o de otro tipo.

Portada por Praveen (praveentopbookdesigner@gmail.com)

www.sallyjdoran.com

sallyjdoranauthor@gmail.com

Paperback: 979-8-9924525-2-5

eBook: 979-8-9924525-3-2

Primera edición en español 2025

Tabla de contenido

«Dedicación»

Dedico esta novela a mis estudiantes y a otras personas que, con fuerza, coraje y valentía, han dejado atrás su país en busca de una vida mejor para sí mismos y sus seres queridos. Ojalá la hayan encontrado. Son preciosos los recuerdos que atesoran para siempre en sus corazones, y son muchas las lecciones aprendidas, como el crecimiento realizado. Me gustaría agradecer a Shawna Spencer y Mica Dawn por sus valiosos sugerencias y correcciones. En especial, a Ofelia Villareal, por sus estimados consejos y orientación en la versión en español. También quiero agradecer a mi nieto, Nelson James. Sin su paciencia, quizá nunca lo hubiera terminado este libro.

Ms. Sally

«Prefacio»

¿Por qué son importantes los migrantes? Hoy más que nunca es un problema vigente. Si le preguntaras a la mayoría de la gente de hoy en día, probablemente creerían saber al menos por qué y por dónde cruzan la frontera los migrantes hacia Los Estados Unidos. Puede que tengan una idea, y creía que yo también la tenía. Pero como profesora y ciudadana estadounidense, nunca me puse a considerar el panorama completo. ¿Qué implica exactamente un viaje indocumentado? ¿Quién aceptaría hacer un viaje tan peligroso? ¿Cómo cruzan exactamente? ¿Hay consecuencias que después cambiarían la vida?

La historia de la migración *es* la historia de cómo nos convertimos en quienes somos hoy. La respuesta a estas preguntas es una oportunidad para revelar algunas de las complejidades y los niveles de complicidad en la migración hacia Estados Unidos. Educar al público con una novela entretenida y oportuna que humanice el tema es una forma de abordar los desafíos, especialmente para los jóvenes adultos que serán nuestros líderes del mañana.

Basada en una historia real, *Cruzando la Frontera del Sur* es una conmovedora exploración de la experiencia migratoria a través del punto de vista de Sofía, una valiente adolescente guatemalteca que huye de la violencia doméstica y la pobreza. Esta novela intenta revelar algunos de los desafíos y aspiraciones de los migrantes indocumentados, que revelan el intrigante secreto que se esconde detrás de los traficantes que los guían y destacan las inesperadas consecuencias culturales. Historias auténticas como ésta subrayan las desigualdades sociales y económicas, de quienes se atreven a arriesgar tanto para tener no solo un mañana mejor, sino un futuro mejor.

Este libro es importante porque de las decenas de miles de historias similares, y no contadas, captura un relato escrito. Esta oportuna narrativa no solamente humaniza la situación difícil y a veces incomprendida de muchos migrantes, sino que también invita a los lectores a empatizar con diversos orígenes culturales y a participar en debates críticos sobre la inmigración. Capta la experiencia de los valientes migrantes que se atreven a cruzar países que no los aceptan, encontrándose sin darse cuenta, en peores condiciones de las que dejaron atrás. Es un recurso educativo y empático que superará las barreras culturales y fomentará la compasión en sus lectores, al mismo tiempo que incita a conversaciones cruciales sobre el futuro de la inmigración en este país.

Mi trayectoria en el ámbito educativo me ha despertado una profunda comprensión hacia este tema. A través del tiempo, he desarrollado relaciones y conexiones muy buenas con mis estudiantes migrantes. Es por eso, como escritora, quería representar sus luchas lo mejor posible para que los lectores se conviertan en ciudadanos globales, abiertos al multiculturalismo y la aceptación. Me inspiré para escribir la historia de Sofía porque, al leer otras novelas de supervivencia con temáticas similares en mis clases, presencié el impacto en mis estudiantes, quienes generaron debates compasivos sobre la supervivencia, la familia, las decisiones y el miedo a lo desconocido. Lograron una comprensión superior de los problemas a medida que desarrollaban empatía y habilidades de pensamiento crítico.

Por lo tanto, las personas que aprecian una emotiva historia de supervivencia protagonizada por valientes y decididos adolescentes quienes alcanzan el éxito, apreciarán la historia de Sofía. Quienes dudan sobre la inmigración ilegal aprenderán sobre las peligrosas condiciones de las que huyen los migrantes. Las madres que atraviesan una separación difícil de sus hijos, conflictos familiares, traición y violencia doméstica se benefician de su valentía. La novela educa a quienes sienten curiosidad por las operaciones de los coyotes y la identidad cultural. Quienes defienden la justicia social y la búsqueda del sueño americano se ilustrarán con los detalles que se encuentran aquí. Las personas que participan en los clubes de lectura pueden ampliar la cultura estadounidense dominante, profundizando en los diez temas y el sinnúmero de preguntas que aparecen al final del libro... porque los inmigrantes son fundamentales en el funcionamiento de nuestras comunidades. Y es por eso la importancia de los migrantes y este libro.

Sally J. Doran

«Prólogo»

Un estudiante sin voz

Las autoridades escolares suelen registrar primero a los alumnos que llevan mucho tiempo en la escuela. A los que llegan después, los asignan a clases donde haya espacio disponible. Cuando la vi por primera vez sentada tranquilamente en la última fila, no parecía diferente a otros alumnos a los que he ayudado por muchos años.

Conocí a Sofía en una clase electiva de su último año de la escuela secundaria. Había llegado hacía apenas un mes y literalmente, no hablaba inglés. Se sentaba un poco aislada, fuera de su zona de confort, muy callada y discreta, pero destacaba entre sus compañeros estadounidenses por su pelo largo y oscuro, su piel bronceada y sus ojos negros. La escuela tenía una pequeña población hispana que siempre se quedaba marginada. Estos inmigrantes solían ser un grupo aparte, con un grupo definido de profesores que los recibían con los brazos abiertos y *querían* enseñarles, y otro grupo más numeroso que no.

POR SALLY J. DORAN

Las clases ya habían empezado cuando la super ocupada consejera escolar asignó a Sofía, (una estudiante que no hablaba inglés), a una asignatura optativa de periodismo de grado 12 ...esperando que todo saliera bien. Yo era la profesora de inglés como segundo idioma asignada para ayudarla. Afortunadamente, yo sí hablaba español y sin duda, la administración nos tiró una oración de buena suerte al planear la situación.

Su primera tarea era escribir un artículo para el periódico escolar. Cada estudiante de la clase tenía que elegir temas relacionados con la escuela, obtener la aprobación del profesor y luego escribir artículos cortos siguiendo el esquema ya enseñado. Sofía no cumplió con esas importantes instrucciones debido a complicaciones con su inscripción tardía.

Pensé con entusiasmo que nos pondríamos al día rápidamente a terminar sus tareas escolares atrasadas con algunos temas fáciles. Sugerí que empezáramos escribiendo sobre cómo llegó a estudiar en la escuela preparatoria Ketcher High. Pensé que sus compañeros de clase y del resto de la escuela tendría interés en ella porque acaba de llegar. Además, podrían aprender algo sobre los migrantes en su escuela...admito que yo también tenía curiosidad.

Sofía era reservada y dudaba en revelar detalles sobre sí misma. Intenté convencerla de que esos detalles siempre serían divertidos para los demás estudiantes. Después de todo, era un periódico de sus propios compañeros escolares y una excelente manera de conocerla.

—¡Escribamos sobre cómo llegaste aquí! —sugerí muy inocentemente—.

¡Escribamos sobre tu familia y el por qué elegiste estudiar aquí!

Ella se resistió, pues no quería hablar de nada personal. Más tarde esa semana, con gran preocupación, pregunté a los demás profesores y a la consejera si sabían algo de su pasado.

—¿Dónde está su familia? —insistía yo—. ¿Cómo llegó aquí?

Nadie sabía nada. Todos comentaron lo tímida que era; se encogieron de hombros y siguieron con sus deberes escolares. Ella seguía siendo una complicación más para el personal de la escuela.

Cada vez que me atraía descubrir detalles actuales o pasados de su vida familiar o escolar, ella se retraía. Me di cuenta de que quería aprender inglés, pero por alguna razón, aunque sonreía, algo la detenía. Mientras tanto, el deseo de encontrar respuestas a mis preguntas se hacía cada vez más fuerte. El silencio era su norma.

Durante los meses siguientes, ayudé a Sofía a escribir varios artículos cortos sobre otras cosas de la escuela que claramente ella no entendía. Me había ganado su confianza. Por fin ella empezó a bajar la guardia. Pero mis preguntas ya habían aumentado:

«¿Qué la trajo aquí? ¿Cómo llegó? ¿Cómo será su vida ahora? ¿Con quién vive? ¿Cómo era su vida escolar en su país? ¿Es feliz?» Me preguntaba.

Como la siguiente tarea se acercaba, la convencí de que sería fácil de completar si tan solo podía entrevistarla. Me preocupaba más que nada que aprobara la clase. Al fin y al cabo, mi trabajo como profesora era apoyarla a pasar de grado. Le prometí que eliminaríamos cualquier información que le resultara demasiado angustiosa si le incomodaba publicarla en el periódico escolar. Me costó mucho esfuerzo, pero al final ella accedió.

Esa mañana, cuando Sofía empezó a hablar, fue como si se abriera una compuerta de palabras. Empezó a soltar su historia que no había compartido completamente con nadie, ni siquiera con su familia en

Guatemala. Tenía tanto contenido en su interior que las palabras en español salieron volando. Ella apenas respiraba, pero yo me encontré super pendiente de cada palabra.

Los demás estudiantes se movían por todas partes del salón, escribiendo y discutiendo sus propios artículos, pero yo necesitaba escuchar bien cada palabrita que Sofía me revelaba.

Mientras la escuchaba, tenía que oír lo que decía y luego interpretar en mi mente sus palabras de español al inglés. Hablaba tan rápido que yo me estaba poniendo a prueba la memoria. Pronto, el ruido de la clase se volvió demasiado para mí; las distracciones del salón abrumaban mis sentidos, y le avisé a mi colega que Sofía y yo saldríamos para continuar con la tarea en otro lugar. El único lugar cercano a ese salón era el baño de chicas del segundo piso.

Una vez que entramos, saqué mi celular para grabarla. Su historia era tan intensa que no quería perderme ni una palabra. No me atreví a interrumpirla por temor a que olvidara adónde la llevaban sus emociones. Mientras yo seguía grabando a Sofía, las estudiantes entraban a usar las facilidades; se lavaban las manos, presionaban el ruidoso botón del secador de manos y salían.

Este proceso duró días. Cuando empezaba nuestra clase de periodismo, Sofía y yo íbamos al baño de chicas y la grabába contando su verdad, con sus propias palabras, en su propio idioma. Seguramente algunos de las estudiantes que entraban al baño nos miraban con ojos críticos, mientras hablábamos en un idioma extranjero y por mi celular que estaba junto a los espejos. Debió haber sido una escena extraña y quizá una intromisión, pero no me importó. Necesitaba entenderla.

Fue realmente difícil reducir las grabaciones a un breve artículo de prensa escolar, que relató cómo Sofía llegó a estudiar en Ketcher...pero lo logramos. Omitimos el 97 % de los detalles y entregamos su borrador final. Nos dimos cuenta en ese momento de que, in-dependientemente de lo que ella produjera, de todos modos, no la aprobarían en el último año. Resultó que no había estado en el país el tiempo suficiente para acumular los créditos necesarios para graduarse debidamente.

Sí, logramos una pequeña meta, pero fue en ese momento que tam-bién reconocí lo descorazonada que estaba yo, ante la perspectiva de su futuro. Me di cuenta de que solo unos pocos estudiantes habrían leí-do su artículo "alienígena" con mucha comprensión. Probablemente nunca la notarían entre el resto de los migrantes que llegaron a este pueblo. La veían como extranjera, como alguien que no encajaba. Incluso si sus compañeros de clase hubieran aprendido de su verdad como yo, la mayoría a lo mejor no podría haber sido tan sensibles con su camino aquí.

A través de la frontera, el mundo estaba pasando una de las mayores migraciones, mientras que su comunidad escolar estaba en medio de fuertes debates escolares marcadamente dividida por la carrera pres-idencial: el Campamento Trump y el Campamento Biden. Sin em-bargo, la Escuela Secundaria Ketcher expresó su limitada diversidad tal como lo refleja un tapiz de camisas de franela, motocrós, armas, camionetas y la construcción de muros. Ella no tenía ni la más remota posibilidad de tener éxito allí.

Cuando el breve artículo de Sofía por fin se publicó esa semana para que lo leyera toda la escuela, no pareció interesarle a ella. Me sentí bastante desmoralizada. Fui yo quien la convenció en compartir esa pequeña parte de su historia con sus compañeros.

«¿Qué piensan? ¿Sienten algo diferente hacia ella? ¿Lo entien-dan?» Me preguntaba en silencio.

Erróneamente, imaginé que ella sentía lo mismo que yo porque sorprendentemente Sofía no se inmutó; era solo otra tarea terminada para una clase que no entendía, un idioma que no hablaba y que al final, no iba a aprobar.

Pero yo no podía olvidar su historia. Me atormentaba recordar la intensidad de su experiencia en el baño de chicas, lo conmovida que estaba y cómo le corrían las lágrimas. Recordaba la parte que cambiaría su vida para siempre mientras yo escuchaba su historia:

—¡Pero atrapé a la bebé, —Sofía exclamó—! ¡Atrapé a la bebé, atrapé a la bebé!

Su experiencia y su viaje profundamente guardado me impactaron tanto. No es la historia de todos los migrantes, solo una de los miles que se han aventurado a desarraigar sus vidas para cruzar una frontera con la esperanza de algo mejor.

Esta novela es la historia de Sofía y la cadena de eventos que generó desafíos, riesgos y algunas oportunidades afortunadas. Es un vistazo a su destino, un reflejo metafórico de la búsqueda que todos los eslabones de una cadena buscaban, sin importar cuán pequeño fuera cada eslabón, sin importar el obstáculo, sin importar un muro de dos metros donde alguien pudiera alcanzar y salvar a un bebé.

«El viaje»

San Marcos, Guatemala → La Mesilla → Frontera de México → Guadalajara, Jalisco → San Luis Potosí → Sonora → Nogales → AZ., EE.UU.

POR SALLY J. DORAN

«Capítulo 1»

El Primer amor inicia el viaje

P: ¿Cuáles son las estadísticas sobre la violencia doméstica en Centroamérica?

R: El Salvador y Guatemala, en tasas de homicidios contra niños, niñas y adolescentes a nivel mundial, ocupan el primer y segundo lugar, respectivamente. En Guatemala, cada 46 minutos se reporta un nuevo caso de violencia sexual, pero es probable que el número de incidentes sea mucho mayor, ya que muchos no se reportan. La violencia de género sigue siendo uno de los factores más importantes, aunque ignorados, de la migración en Centroamérica y la región en general.

Dicen que los jóvenes de hoy tienen, por naturaleza, muchísimas opciones y oportunidades en la vida.

—¡Toma las riendas, ten el control de tu vida, expresa tu opinión! —los animan—. ¡Sueña en grande! ¡Vive la vida! ¡Alcanza las estrellas!

Pero para Sofía no fue así. De hecho, nada de eso era cierto para ella. Su decisión de irse no fue suya en absoluto. Gracias al inmenso amor que su madre sentía por ella, le dijo que *tenía* que irse y dejar atrás toda su vida. Gracias al amor y respeto que Sofía sentía por su madre y su hermana, aceptó la decisión con gentileza y sin condiciones.

La madre de Sofía, Betina, tenía quince hermanos: doce niñas y tres niños. Era una típica familia guatemalteca que dependía en gran medida del trabajo duro, la suerte y la oración. Tres de los hermanos de Betina salieron de Guatemala y llegaron a Estados Unidos: Martina, quien terminó viviendo en Ketcher, Nueva York; Brenda, quien de alguna manera llegó a vivir en Nueva Jersey; y su hermano Cecilio, cuyo viaje lo llevó a Carolina del Norte. El resto de los hermanos permanecieron en Guatemala. Nunca se habló de los detalles de cómo ni por qué.

Sofía creció en el pequeño pueblo de San Marcos. Su madre nunca se casó con su padre. Él tenía otra esposa e hijos en un pueblo cercano, pero él los visitaba de vez en cuando para ver cómo estaban y darles esperanzas de una vida mejor. Betina tuvo cinco hijas con él. Sofía era la menor.

Además de los problemas de delincuencia, narcotráfico e inestabilidad civil, Guatemala tenía una tasa de pobreza de casi 60%. Desafortunadamente, la familia de Sofía formaba parte de las estadísticas. Hasta los cinco años, todos sus hermanos y su madre durmieron en una habitación diminuta y estrecha en la modesta casa de su abuelo, hecha de palos y techo de paja con piso de tierra. No había pisos de ladrillo, ni teja de madera. Al estar cerca de la línea ecuatorial, no era raro en los barrios más pobres de cualquier pueblo que las familias durmieran en pisos de tierra, buscando maneras de refrescarse del constante y sofocante calor del sol.

Incluso en 2017, la familia de Sofía tenía que ir a diario al río cercano a buscar agua. Por la noche, usaban velas para iluminar el camino si necesitaban ir al baño. Con el tiempo, su padre le construyó a su madre una pequeña casa de dos habitaciones con piso y agua potable, electricidad, un refrigerador muy pequeño y un codiciado televisor pequeño. Solamente las personas adineradas vivían en casas con más de dos habitaciones, con áreas separadas para cada miembro de la familia. Solamente los ricos tenían baño y electrodomésticos separados. Betina, orgullosa cabeza de familia, llevaba a sus hijos a la iglesia todos los domingos. El compromiso religioso era una gran prioridad y las oraciones diarias eran una tradición en su familia.

Sofía y dos de sus hermanas, sus dos hermanas mayores y su mamá dormían en una habitación individual con tres camas. Así era. Por humilde que fuera, siempre sentía el consuelo de estar rodeada de su querida familia.

Cuando comenzó la historia que cambió la vida de Sofía, ella tenía trece años y medio. Una de sus hermanas, Carmen, acababa de cumplir quince. El problema surgió cuando Carmen empezó a salir en secreto con Gunner, quien ahora tiene veintisiete años. Era casi el doble de su edad y por su puesto en contra de la voluntad de su familia. Ocultaron su relación debido a la evidente diferencia de edad. Además, Gunner se había ganado una mala reputación en su pequeño pueblo.

Las pandillas estaban por todas partes. Era normal enterarse de casos de violencia doméstica y asesinatos. Para las jóvenes inocentes, vivían en un lugar cada vez más inseguro, sobre todo de las que se deshacían fácilmente. Incluso los bebés eran secuestrados y retenidos para pedir rescate o peor aún nunca más se les volvía a ver.

Gunner, un chico guapo, había tenido innumerables novias en su pasado. Salía con muchas mujeres y no tenía ningún incentivo real para establecerse. No tenía hijos ni vínculos emocionales de ninguna relación. Era un malcriado sin hermanos con quienes compartir afecto o riqueza. Sus padres estaban divorciados. Su padre era un alcohólico muy abusivo. Ahí fue donde Gunner aprendió sobre el abuso. Creció viendo a su padre llegar a casa borracho y golpear a su madre, por la más mínima cosa. Ver a su madre con moretones y rasgos faciales hinchados era normal. Los gritos y los insultos eran cosa de todos los días. El dinero escaseaba y los momentos felices raras. Las fiestas y las reuniones familiares siempre eran celebradas, pero falsas. Por dentro todos sangraban de la desesperación.

Las jóvenes como Carmen, la hermana de Sofía, se sentían halagadas de que los hombres se sintieran atraídos por ella; no sabía mejor y ocultaba su coqueteo a sus hermanas y sobre todo a su madre. Era la norma cultural que los hombres latinos mayores se acercaran a las chicas más jóvenes. Los hombres se salían con la suya como si fuera algo natural. Las mujeres crecieron resentidas cuando finalmente descubrían cómo les habían robado su inocencia y dignidad.

Con previsión y sabiduría, Betina había advertido a sus hijas pequeñas sobre los hombres. Los sermones y advertencias de la castidad, la virtud y la seguridad eran comunes por parte de los padres, la iglesia y aún de la escuela. Pero los jóvenes hacen lo que hacen los jóvenes. Por bien intencionales que fueran, los sermones caían en oídos sordos. Jóvenes como Carmen ignoraron las señales de advertencia que les enseñaron y estaba destinada a repetir el ciclo.

Sofía presentía que algo no iba bien, pero aún era demasiado pequeña para comprender lo que realmente pasaba. Durante las conversaciones por la noche que ella y su hermana siempre tenían en la cama que compartían, era consciente de que Carmen se comportaba de forma diferente al hablar de sus encuentros secretos con Gunner. Aunque Sofía sospechaba que había algo más en la historia, Carmen insistía en que ella y Gunner eran «solo amigos». No sabía cómo expresar sus pensamientos con exactitud, pues disfrutaba viendo a Carmen tan feliz... así que la escuchaba en silencio.

Sin lugar a dudas, Gunner sabía la edad de Carmen. La convenció de ocultarle la relación a su familia. A Carmen le disgustaba reconocer que su madre jamás habría aceptado que salieran juntos. Aunque se le había pasado por la cabeza, sabía que en Guatemala rara vez se ofrecían a las adolescentes los métodos anticonceptivos disponibles y legales. Algunas organizaciones ofrecían clases sobre embarazos, pero seguía siendo raro que una persona más joven fuera a un hospital o a una farmacia a pedir un anticonceptivo. De hecho, habría sido un escándalo.

Un día, mediante la manipulación, las mentiras y mucha vanidad, Gunner se aprovechó de ella y la embarazó.

Carmen no pudo guardar el secreto por mucho tiempo y se lo contó a su querida hermana Sofía. Una vez más, Sofía simplemente escuchó. Mientras pensaba en el futuro de su hermana por la inseguridad, la falta de dinero, la falta de recursos para cuidar a un bebé y la diferencia de edad, aceptó lo que Carmen le decía. Guardó silencio, que no quería verla perder la sonrisa.

A Carmen no le preocupaban las finanzas de un bebé. Sabía que los gastos del hospital estaban cubiertos cuando las mujeres tenían bebés en su pueblo, así que no habría gasto alguno. También sabía que en la mayoría de los países latinos el aborto era ilegal. Era inaudito que una mujer abortara, así que esa opción tampoco nunca se le ocurrió.

———⊰◆⊱———

Como en todos los pequeños pueblos latinos, todos se conocían. Estas dos familias se conocieron años antes, cuando Reina, la madre de Gunner, salió con el tío de Carmen después de que su padre biológico los dejara por otra mujer. Su breve romance con el Tío Cecilio no duró mucho, y Reina se casó con otro hombre, Abel.

Juntos, la familia de Reina y su nuevo padrastro, Abel, fundaron y dirigieron una pequeña zapatería. Animaron a Gunner a trabajar allí. No le gustaba lo que hacía y de la nada se aburría. Su madre lo dejaba perder el tiempo la mayor parte del tiempo. Por supuesto, las chicas, incluso las buenas como Carmen, se sentían atraídas por su encanto de chico malo. La idea de que tuviera dinero las invitaba a soñar.

Esta vez, a diferencia de su primer marido abusivo, Reina se había casado con un hombre débil al que podía mandar. Aunque ella misma había sobrevivido al abuso, Reina se había convertido en alguien que abusaba para lidiar con su propio y complejo trauma. Se había convertido en una matriarca controladora y muy apegada a su hijo.

Esta nueva dinámica con un padrastro menos autoritario solo aumentó la sensación de poder de Gunner. Reina y Gunner menospreciaban a la familia de Carmen porque Betina nunca había estado casada con su padre. El matrimonio se consideraba una forma de adquirir «estatus», una forma de anunciar al mundo que era alguien o que le importabas a alguien. Esto hacía que Reina y Gunner se sintieran empoderados, superiores y socialmente más prominentes.

Carmen tenía apenas dos meses de embarazo cuando por fin le confesó a su madre que estaba embarazada. Al descubrir la verdad sobre el embarazo y los vínculos de su hija con un pandillero sin escrúpulos, se decepcionó de Carmen. Betina mantuvo una actitud cariñosa y desenfadada; acogió con satisfacción la idea de un nieto.

Sin embargo, por dentro Betina estaba destrozada. Sabía perfectamente lo que le deparaba el futuro a Carmen, pero respetaba la decisión de su hija de seguir con Gunner. Rezaba por lo mejor. Todas rezaron por el bebé nonato.

Sofía sintió el cambio en el ambiente. Sabía que sus vidas estaban cambiando, pero no dijo nada por miedo a lo desconocido. Siguieron yendo a la iglesia todos los domingos y rezando a Dios. Incluían oraciones específicamente a Santiago Apóstol, el Santo Patrón de Guatemala y uno de los Doce Apóstoles de Jesús.

—Sin duda, él la ayudaría —pensaba Betina.

Ella contaba con todas las bendiciones que el Cielo les enviaría.

Cuando Reina descubrió que su hijo lamentable había embarazado a una chica, le ordenó a Carmen que se fuera a vivir con ellos de inmediato.

—Ningún hijo mío va a tener a una soltera embarazada —prometió Reina.

Eso era vergonzoso y desagradable para la comunidad, donde Reina necesitaba por tradición, la apariencia de poder y estatus social.

Gunner pensó que esto era «genial», ya que ahora tenía una criada interna que lo atendería y le prepararía la cena cuando regresara a casa de la zapatería... y otras aventuras quizás degeneradas.

Al instante, se volvió aún más controlador. Decidió que no quería que Carmen saliera más ni tuviera amigos, y no quería que visitara a su propia familia mientras su madre comenzaba los preparativos de una boda. Reina, acumulando resentimiento, tuvo que pagar la celebración porque era evidente para ella que la familia de Carmen no tenía dinero.

Ahora aislada de su familia, confinada y sola, la vida de Carmen, tal como la conocía, cambió para siempre. Betina solo aceptó que su pequeña hija se fuera a vivir a casa de Gunner con la condición de que se casaran. Sofía estaba desconsolada e intentó pensar en el futuro cuando naciera la bebé. Ella y Carmen habían sido tan unidas, criadas casi como gemelas. Se extrañaban muchísimo.

En cuanto Carmen se mudó, le ordenaron que cocinara y limpiara, como una sirvienta. La madre de Gunner le hablaba con mucha crueldad. Estaba sumamente decepcionada de que su hijo hubiera dejado embarazada a una «jovencita despreciable de una familia de clase baja, inapropiada y sin nada que ofrecer».

Reina solía comentarle a Carmen que «en efecto, provenía de una familia indigente debido al número de hermanas» y que «su madre nunca se casó con su padre».

Carmen se esforzó por seguir las reglas en su nueva situación mientras intentaba, sin éxito, ayudar a Reina a planear su boda con Gunner.

Inculcado por la cultura, los chicos latinos como Gunner fueron criados para actuar en forma machista e intransigente con las mujeres. Los hombres, especialmente los de pandillas, tendían a golpear a sus mujeres y amenazarlas con violencia y armas.

Carmen, asustada y aislada, empezó a percibir estas señales, pero sentía que no tenía con quién hablar. Extrañaba mucho las charlas nocturnas con Sofía. Era consciente de que, con demasiada frecuencia, los incidentes domésticos adversos eran consecuencia de la desobediencia de las jóvenes.

Ella estaba aprendiendo de primera mano que este abuso normalmente no se denunciaba, e incluso si lo hiciera, las autoridades considerarían este comportamiento habitual como normal y lo desestimarían fácilmente. Se preguntaba cómo podría contactar a alguien para pedir ayuda si la necesitaba. Desafortunadamente, con tantos otros problemas, concluyó que la violencia doméstica no estaría en el radar de la Policía guatemalteca.

Gunner solía manipular a Carmen. La amenazaba con echarla de casa y prácticamente quitarle a su bebé una vez que naciera si no hacía exactamente lo que le decía. Sus palabras favoritas para llamarla eran «puta» y «zorra mala». Le levantó la mano muchas veces, pero ella nunca dejó que la golpeara... al menos no en la cara.

Tristemente, Carmen sabía que con el tiempo le lavarían el cerebro, y que el ciclo se repetiría si no encontraba la manera de alzar la voz y salir.

Cuando Carmen tenía unos cuatro meses de embarazo, justo un día antes de la boda, como por puro despecho, Reina la canceló. Le había disgustado tanto la idea de que Carmen formara parte de su familia que se negó a que su único hijo se casara con una joven embarazada de dieciséis años. Reina declaró en uno de sus ataques verbales que «esta pobre chica *no se* casaría con su hijo». En realidad, no quería bajo ningún concepto que «una ingrata» recibiera una herencia de la zapatería... y así, nunca se casaron.

Tradicionalmente, la parte del novio pagaba todos los gastos esenciales de la boda. Aunque Reina perdió el dinero que había gastado en los preparativos para el gran día, estaba contenta de haber conservado su reino intacto y de no casarse... pero haría que Carmen se ganara la vida.

Sola y avergonzada, Carmen no tuvo el coraje de contarle a su madre por qué su futura suegra había cancelado la boda. En cambio, llamó a su hermana mayor, Alma, y le pidió que le diera la noticia a su madre. Betina estaba furiosa. Sus sueños que tenía para su hija se habían desvanecido. Como Carmen sospechaba, su madre se sintió engañada y profundamente decepcionada porque ahora Carmen sería una joven soltera sin futuro y viviendo en una casa como esclava doméstica a los caprichos de un pandillero.

A Gunner no le molestó en absoluto que cancelaran su boda. Le hizo gracia. Sin embargo, la hostilidad entre las familias aumentó inmediatamente.

Sofía había presenciado todo. Se mantuvo al margen y observó cómo la ira de su madre crecía. Aunque confundida, ella sentía que era demasiado joven para saber qué hacer, decir o dar una opinión. Pero sabía que algún día alzaría la voz y le haría saber al mundo lo injusto que habían sido al tratar a su hermana así.

Aunque en el fondo, Carmen sabía que la situación en la que se encontraba era un error y no iba a ninguna parte. Por amor a su bebé nonato, continuó viviendo muchos meses más en casa de Gunner con la esperanza de que la situación se arreglara una vez que naciera el bebe. Pensó que hacía lo correcto al quedarse con Gunner... con la esperanza de que él cambiaría.

«Capítulo 2»

Abandonada ante el altar

P: ¿Qué es más doloroso: que tu novio te golpee o tener que escapar
por culpa de él?

R: Las intenciones lo son todo.

Durante los siguientes meses, Carmen hizo todo lo posible por com-
placer a Gunner y a su madre. La casa de Gunner estaba lo suficientemente cerca como para llegar a pie, Betina encontraba excusas para
pasar por allí siempre que podía para ver cómo estaba su hija. Reina
abría la puerta y le decía a Betina que Carmen no estaba. Betina volvía
a casa llorando y sospechaba que su hija sufría de algún abuso.

Carmen tenía casi diecisiete años y aún era joven. Al pasar casi dos
años con Gunner, la había vuelto muy vulnerable e influenciable. Las
pocas veces que habló con su madre, no se atrevió a contarle lo que
realmente estaba pasando. Pero, entre instintos maternales e intuición,
Betina sabía que su hija estaba en problemas.

Las discusiones no eran tan explosivas cuando Gunner y Carmen
empezaron a vivir juntos. Pero a medida que la situación miserable

se alargaba, las peleas en casa de Gunner se intensificaban. Nadie era feliz. La vida era dura. La mayor parte del tiempo la negatividad, la tensión y el estrés eran insoportables. Poco a poco, las discusiones se convirtieron en fuertes batallas verbales, y el contacto físico aumentó. El alcohol siempre estaba de por medio. Cualquier conversación sobre dinero era un detonante seguro. Los insultos, los menosprecios y los comentarios despectivos eran suficientes para minar la autoestima de cualquiera. Para entonces, las amenazas de secuestro de la bebé y la insignificancia de Carmen, incluso de su eliminación, eran un tema diario.

La noche de su mayor pelea, Gunner llegó de la zapatería y Carmen no tenía la cena puesta. Se pelearon fácilmente delante de la bebé, de Reina y de su padrastro. Pero esta vez, Carmen llegó a su límite. Gunner le gritó a Carmen, profiriendo sus habituales insultos degradantes, llamándola «perra vaga». Como costumbre Reina estuvo de acuerdo con su hijo y la llamó «vagabunda, lenta e indolente».

Abel se sentó allí, bebiendo su guaro; no levantó la vista y no se atrevió a decir una palabra. En un momento dado, Reina agarró a Carmen del brazo y la regañó por lo que consideraba una casa descuidada, no apta para alguien como ella. La bebé lloró durante todo el evento. El abuso doméstico se había convertido en algo habitual para Carmelita, de trece meses.

Mientras tanto, Gunner le había avisado a Carmen muchas veces que nunca saliera de casa sin su permiso. La obligaba a limpiar cada rincón y se quejaba si creía que algo no estaba organizado bien y a su gusto. Ella era responsable de prepararle el desayuno, el almuerzo y la cena todos los días, además de cuidar a su hija. La trataba como a una sirvienta personal y no como la madre de su hija.

Temerosa y asustada, Carmen nunca verbalizó lo que sentía por dentro. Nunca amenazó con irse ni le dio señales de que se iría, aunque cada célula de su cuerpo se preguntaba por qué. Gunner nunca sospechó que lo haría.

Esa noche, Carmen se quedó diligentemente en la cocina recogiendo, lavando los platos y limpiando. Reina y su esposo solían ir a la iglesia varias veces por semana justo después de cenar. Carmen esperó hasta las 7:30 p. m. para que salieran y se fueran a la iglesia. Gunner se fue poco después a tomar algo y a divertirse con sus amigos.

Carmen corrió al dormitorio y sacó los documentos que había organizado en secreto durante el día. Necesitaba el historial del pediatra de Carmelita y su certificado de nacimiento. Una pequeña bolsa era suficiente para empacar la ropa de Carmelita. Esta fuga llevaba semanas gestándose en su mente.

Poco después de que Reina se fuera, Carmen volvió a llamar a su hermana mayor. Tan rápido como pudo pronunciar las palabras, le explicó los problemas que tenía con Gunner: que necesitaba escapar y volver a casa antes de que regresaran.

Una vez más, le pidió a Alma que se lo contara a Betina. Aún no tenía el valor de decírselo a su madre. Carmen sentía que había fracasado después de todas las verdades acumuladas que su madre le había advertido.

Tan pronto como Alma le confesó a su mamá que Carmen le suplicaba volver a casa, Betina no tardó en levantarse y salió corriendo para ayudar a su hija a llevar a la bebé y sus cosas. Sus sospechas se confirmaron.

No tenían coche. No lo necesitaban. Tan rápido como pudo, recorrió las varias calles hasta la casa de Gunner, rezando a Dios y a Santiago todo el camino. Carmen esperaba nerviosa en la puerta. Se saludaron con la mirada y, sin dudarlo, Carmen entregó la bebé a Betina. Carmen recogió las pocas bolsas que tenía a su nombre y las llevó de vuelta a casa. Tan rápido como un rescate puede ser ...madre, hija y bebé... aceleraron el paso para llegar a casa sin palabras, sin culpas y sin remordimientos.

Una vez en casa, Betina cerró las puertas con llave, cerró todas las ventanas y le hizo a Carmen un millón de preguntas. Carmen decidió no revelarlo todo...todavía. No quería molestar mucho a su madre, ya que ocultaba su problemática relación durante más de dos años. Más adelante en tiempos mucho más tranquilos, si acaso, Carmen pensó que confesaría lo mal que la habían tratado.

Conste que Betina le había advertido, la había reprendido y se había esforzado al máximo para evitar que ninguna de sus hijas repitiera la misma situación; sintiéndose culpable y avergonzada, Carmen sabía que su madre no estaba lista para afrontar la realidad tan pronto.

Sofía se sentó y observó la conversación. Había escuchado las oraciones y presenciado la fe de su madre muchas veces antes cuando los tiempos se ponían difíciles. Tenía solo un año menos que Carmen y no sabía qué pensar. Por supuesto, estaba triste y se pondría de acuerdo con su madre y su hermana ante cualquier cosa que la familia de Gunner haría o daría. Se le partía el corazón por Carmen y pensó en lo horrible que debió haber sido que la dejaran plantada en el altar con cuatro meses de embarazo.

La angustia de su madre por la situación de Carmen afectó a Sofía profundamente: le enseñó la importancia de seguir las reglas. Betina estaba decepcionada y desilusionada de que ahora su hija menor tuviera que presenciar esta angustiosa situación. Estaba decidida a no permitir que esto le sucediera a su hija menor, Sofía.

———◆———

Se instaló un pequeño cuarto en la parte atrás para ocultar a Carmen y a la bebé tras su regreso a casa. Betina se sintió aliviada de tener a su hija de vuelta y ver reír a la bebé. Durante los siguientes quince días, Gunner llamó a su puerta, pero Betina se negó a dejarlo entrar.

Gunner sabía que estaban allí, pero no le daba mucha importancia... todavía. Se sentía un poco aliviado de no tener que pelear todas las noches. Disfrutó del descanso, aunque no estaba muy convencido de que Carmen y la bebé regresarían pronto a su casa.

Fue en esos quince días en que Betina hizo sus planes. Constantemente, recibieron golpes en la puerta. Aparecía Gunner exigiendo llevar a Carmen y a la bebé a su casa de nuevo. Sofía ayudaba a entretener a la bebé mientras se esforzaban por guardar silencio. Desconcertado, él no entendía por qué ella quería quedarse con su madre.

Una y otra vez, su orgullo lo venció mientras golpeaba la puerta:

—¡Déjenme entrar, traigan a Carmelita! —repetía sin cesar—. ¡Debe estar en mi casa! ¡Me robaron a mi hija! ¡Carmelita tiene derecho a conocer a su padre y a estar en su vida!

Continuó amenazando con una Alerta Amber, acciones legales y, ocasionalmente algo peor. Aun así, nunca se responsabilizó de sus actos ni de los de su madre. Insistió en que todo era culpa de Betina, que, si no fuera por ella, «seguirían juntos y felices». Se presentó como un trabajador incansable en la zapatería y con el dinero de la misma para intentar convencerla.

Pero Betina le recordaba el comportamiento delirante, controlador y agresivo de él y de su madre hacia ella y la bebé. Gunner realmente se creía sus propias mentiras y engaños.

—¡No solo es tu hija! —Betina respondía— ¡También es mi nieta!

———— ⋈ ————

Era un pueblo pequeño y cuando surgían situaciones tan tensas todo el mundo se enteraba. Hasta entonces, Betina y la madre de Gunner se habían tolerado mutuamente. Una vez que las cosas se volvieron escandalosas, ninguna de las dos madres pudo hacer nada para cambiar la situación o dejar atrás el pasado. Betina no dejaba que su hija regresara con Gunner. Las amenazas de Gunner de secuestrar *a su* bebé cayeron en oídos sordos de Betina. El temor por el futuro de Carmen y la pequeña Carmelita cada vez era mayor.

Inevitablemente, Betina recordó a sus hermanos de cómo habían escapado de situaciones similares en Guatemala en busca de una vida mejor. Varias hermanas y un hermano de Betina se fueron años antes y cruzaron la frontera... presumiblemente felices ahora. Reconoció que este era el momento de detener la locura y salvar a sus dos hijas y a su nieta de un ciclo terrible de abusos.

Se convenció de que Carmen también necesitaba escapar antes de que fuera demasiado tarde, y que Sofía sería su apoyo. Les recordó lo bueno que era Dios y que, con fe y oraciones, todo se resolvería. Con gran pesar, Betina sabía que ese patrón de abuso tenía que terminar. Su mejor solución era alejar a Carmen de Gunner, lo que significaba comenzar una nueva vida antes de que Gunner y su familia les hicieran más daño.

Betina era una madre determinada cuya crianza y pasado la obligaron a llevar a sus hijas a un lugar seguro. Llegó al punto en que no le quedaban más opciones y pensó en enviarlas lejos como última esperanza para que otra generación no repitiera el mismo ciclo y finalmente se rompiera la cadena. Betina se vio reflejada en Carmen.

Su único deseo ahora era llevarlas a un lugar seguro y evitar que su última hija, Sofía, sufriera más de los eventos insalubres que había presenciado.

Betina, desinteresadamente, propuso la idea de que Carmen quizás debería irse de Guatemala e ir a casa de su tía Martina en Nueva York. No le costó mucho convencer a Carmen de que en Estados Unidos encontraría muchísimas oportunidades. Allí, Gunner jamás podría salirse con la suya secuestrando a su pequeña. Estaba desesperada y temía que, si la ira de Gunner lo dominaba, cometería peores amenazas físicas y el resto de la familia no volverían a ver a Carmelita. Betina temía que, si Carmen no se liberaba ahora, quedaría en una relación abusiva para siempre, y sin posibilidad de un futuro mejor. Era lo único que conocía. No quería que su hija terminara como ella, soltera, pobre y emocional y físicamente destrozada. Si podía evitarlo, Betina *no* permitiría que la historia se repitiera.

Llamó a todos sus hijos para una reunión familiar seria. Cuando llegaron, se sentaron alrededor de la pequeña mesa de la cocina. Miró a sus otros hijos adultos. Betina tenía tres hijas mayores: Enid, dependienta; Sara, secretaria; y Alma, enfermera. Solo dos estaban casadas y sus relaciones eran cuestionablemente sanas. Pobres y con dificultades, pero viviendo cerca, eran, sin embargo, el orgullo de Betina. Las únicas dos niñas que quedaban eran Carmen y Sofía.

Era obvio que Carmen no podía hacer el viaje sola. Betina y todos sabían de lo peligroso que era cruzar la frontera. A medida que el plan de Betina tomaba forma, supo que no pasaría mucho tiempo antes de que Sofía corriera la misma suerte que Carmen. Si dejar ir a una hija era difícil, dejar ir a dos lo era aún más. Betina se convenció a sí misma, como decía el dicho: «No se pueden leer las instrucciones dentro del frasco».

Carmen y la bebé necesitaban ayuda. Respiró hondo y sin dudarlo, declaró que Sofía la acompañaría en cuanto tuvieran la oportunidad de salir de su pequeño pueblo en Guatemala. Con ojos tristes, Betina miró a Sofía y le explicó que *tenía* que hacer esto por Carmen, su sobrina y por ella misma. Tenían que luchar por su libertad, aunque en ese momento tal vez ella no comprendiera completamente el por qué.

Sofía sintió que no tenía opción. Total, no diría nada, aunque tuviera que decir. La situación le dolió. Era un hecho ya decidido. Al principio, se sintió muy triste. Mientras la reunión familiar continuaba, la cabeza de Sofía le daba vueltas.

«¡Pero si no sé inglés!» pensaba ella.

Sabía que dejar su país, las diferencias de los idiomas, serían un obstáculo astronómico para ella. Mientras intentaba procesar la información que le lanzaban, su mayor temor inmediato era dejar a su madre, sus tradiciones, el único entorno que conocía, y a sus amigos. La sola idea de comunicarse con gente en inglés la llenaba de pánico.

«¡No sé inglés! ¡No lo sé!»

Un millón de pensamientos de miedo irrumpieron en su mente, abrumada por la imagen que se desplegaba ante ella.

Curiosamente, Sofía se encontraba a la vez pensando, solo por unos segundos, en que cómo sería explorar la posibilidad de hablar con diferentes personas. Se permitió considerar de cómo sería hablar en inglés y quizás hacer nuevos amigos. Intentó ver el lado positivo mientras los pensamientos contradictorios de miedo y curiosidad revoloteaban en su cabeza. Sus palmas sudorosas y su corazón palpitante reflejaban un torbellino de emociones que le recorrían el cuerpo. Ya extrañaba a su mamá.

Al principio, solo intentaba pensar en lo que significaba respetar los deseos de su madre y ayudar a su hermana, *sin* pensar en que cómo sería para ella. Era difícil porque de vez en cuando visiones de lugares extraños le asaltaban la mente. Los sonidos de personas hablando un idioma extranjero se colaban en sus pensamientos.

«Yo... ¡No sabría hablar...inglés!» Se repetía en silencio a sí misma.

Pero confiaba en su madre. Sofía decidió que la decisión de su madre reflejaba sus esperanzas de una vida mejor para ellas, aunque todas sabían lo que significaba: pronto estarían separadas.

No se habló mucho después de esa reunión familiar, salvo inclinar la cabeza para orar. Eso fue todo. Sofía aceptó el plan voluntariamente y siguió las reglas establecidas. El tiempo apremiaba. Era hora de que Sofía mirara hacia adelante y no hacia atrás.

«Capítulo 3»

Decisiones y planes:
¿Qué ruta?

P. ¿Tu mamá siempre sabe qué es lo mejor para ti?

R. Tal vez.

El plan de partida de San Marcos se desarrollaba tan rápidamente, pues tenían menos de un mes para completarlo. Con la ayuda de la Santa Patrona de Guatemala en sus oraciones, esperaban llegar sanos y salvos a casa de la tía Martina en Nueva York. Ya quedaban muy pocos días para ahuyentar a Gunner y llevar a las niñas a una vida mejor. Surgieron muchas preguntas.

—¿*Cómo* podemos hacer esto y *quién* los ayudará? —Alma preguntó con ansiedad.

—¿De dónde sacarás el dinero? —Enid protestó suavemente.

—¿De verdad crees que podemos hacer este viaje sanos y salvos, con una bebé, desde Centroamérica, pasando por México, hasta llegar a Estados Unidos? —preguntó Carmen.

—¿Es esta una tarea que dos niñas muy jóvenes con una bebé pueden realizar? — cuestionó Alma, con una mirada a su madre y desafiándola.

—¿Qué pasará después? —interrumpió Carmen con más curiosidad—. ¿Qué será de nuestras vidas una vez allá? ¿Está nuestra tía lista para apadrinarnos?

Sofía prefirió guardar silencio mientras escuchaba a los demás. Pensaba que este plan solo tenía dos caras: peligroso y posiblemente mortal. Ella era muy joven para captar todos los detalles. No había contemplado su futuro antes.

Para no dejar que los demás vieran lo asustada que estaba, permaneció en silencio mientras se preguntaba:

«¿Qué será de mí? ¿Qué peligros nos espera en el camino? ¿Podré con ellos? ¡No sé nada de inglés! ¿Cómo puedo hacerlo?»

Pero en el fondo sabía que no había vuelta atrás. Ni una sola vez pensó en decirle que no a su familia.

Mientras Sofía jugaba con la bebé, escuchó a su madre y hermanas discutir lo que le pasó al tío Cecilio, hermano de Betina. Había viajado a Estados Unidos unos años antes. De las dos opciones, él podría haber elegido la opción más popular de ir escondido en un camión grande con toda probabilidad que lo atraparán y lo enviarán de regreso. Su otra opción era atravesar el desierto mexicano a pie. Era mucho más peligroso, pero menos complicado, porque se podía viajar con menos gente. Desafortunadamente, el tío Cecilio optó por ir a pie y se perdió debido a las condiciones brutales del desierto. Él pasó quince días solo allí, por un camino que debería haberle llevado unos cinco o seis días.

«¡Quince días era mucho tiempo para estar perdido en el desierto! Fue un milagro que sobreviviera...pero lo logró» pensó Sofía.

Los escuchó coincidir en la necesidad de un celular para comunicarse y en caso de emergencia.

—Durante la migración del tío, en ocasiones él encontraba maneras de comunicarse y contarnos lo que pasaba —Betina recordó—. Tener un celular es probablemente lo más importante que necesitarán las niñas.

Sofía prestaba mucha atención a la conversación, pero no se atrevía a interrumpirlas. Su trabajo en ese momento era mantener a Carmelita ocupada. Sin embargo, no podía evitar imaginar lo brutal que sería el viaje. En su imaginación, añadía que sería prudente llevar bocadillos suficientes y un cuchillo escondido, para defenderse... si lo necesitaba.

—En algún momento, —continuó Betina—, por suerte tío se encontró con alguien que también estaba perdido en el desierto y permanecieron juntos—. No había señal de celular en el desierto. Vio muchas arañas venenosas, serpientes y lobos. Por la noche, se cubría con ramas de árboles, pues las noches eran frías. Usaba los palos para protegerse y esconderse de la policía de inmigración que pudieran haberlo visto. Cuando tu tío finalmente llegó a la frontera, se encontró con un grupo de desconocidos que por casualidad llegaron al mismo tiempo, y se coló en Estados Unidos con ellos.

«Lo hizo» ella pensó de nuevo.

Sofía grababa los detalles en su mente. Todas esas historias la asustaban, aunque no contribuyó ni con una palabra en voz alta.

«Su viaje completo duró un mes y medio. ¡Cuarenta y cinco días se considera un tiempo anormalmente largo para que una persona llegue a la frontera! Los viajes normales a pie por el desierto deberían durar entre diez y quince días. ¿Cuánto durará *mi* viaje?»

Betina no quería la ruta del desierto para sus hijas. Reconoció que atravesar el desierto, posiblemente perderse y no saber qué hacer, no

23

era para ellas. Así que decidió que tendrían que ir por el otro lado y arriesgarse a los controles policiales rutinarios.

El plan ya estaba en marcha. El próximo paso era encontrar un coyote que escoltara a las niñas hasta la frontera de Estados Unidos. Sofía escuchaba...

—Sé que tendré que pagarles una cantidad considerable para que crucen —concluyó Betina—. Algunos coyotes cobran más, otros menos; algunos toman una ruta, otros otra más fácil. Solo necesitábamos encontrar la más segura para ellas.

Carmen permaneció escondida de su ahora exnovio, mientras Betina se ponía a buscar a alguien que los guiara sanos y salvos a la frontera. Por pura casualidad, un amigo cercano del tío Cecilio los puso en contacto con el mismo coyote que él contrajo. En cuestión de horas, un hombre moreno, bastante bajo, de unos 45 años, apareció en su puerta. Betina lo invitó a sentarse a la mesa de la cocina. Ella no tardó en preguntarle cuándo podía llevar a las tres niñas y cuánto costaría. El señor empezó negociar con los detalles sobre las edades de las niñas.

—Si son mayores, es más dinero —explicó el coyote—. Si son más jóvenes, menos dinero. Las personas mayores tienden a ser enviadas de regreso con más frecuencia y tendrán que intentarlo de nuevo. Tendrán hasta tres intentos para cruzar, por lo que el costo es más alto. Pero los niños más pequeños tienden a pasar la frontera al primer intento, por lo que cuestan menos.

«Por lo menos este coyote reconoce lo difícil que será para nuestra familia reunir una gran suma de dinero» pensaba Betina.

—Pagar su tarifa fija les daría hasta tres oportunidades para cruzar la frontera —dijo el traficante con calma—. Yo lo intentaría dos veces más si las niñas fallan la primera vez. Sin embargo, si después de la tercera vez no funciona, me quedaría con todo el dinero. Aquí tienes dos opciones:

Uno: Tomar la ruta a través del desierto mexicano hacia Estados Unidos. Una buena parte del viaje se haría a pie, con un pequeño número de migrantes a la vez. Las chicas probablemente irían en un tráiler, a veces encerradas. Sin duda, se enfrentarían al peligro de los elementos del desierto y a hombres al azar que podrían violarlas. A veces, los hombres con los que se encontraran podrían dispararles para quitarles cualquier pertenencia que pensaran que las chicas pudieran llevar. Llegar a la frontera de esta manera podría ser más fácil en muchos sentidos para los hombres adultos, ya que no llevan mucho consigo. En la mayoría de los casos, los hombres pueden defenderse de los atacantes y esta ruta conduce a un lugar donde no tendrían que lidiar con mucha patrulla fronteriza una vez que lleguen.

Dos: Tomar la ruta que evita muchos de los peligros del desierto… pero las chicas tendrían que viajar en vehículos con más gente y cambiar de medio de transporte con frecuencia. Tendrían que disfrazarse de mexicanas o esconderse en camiones, furgonetas y autobuses durante todo el trayecto hasta llegar a la frontera con Estados Unidos. El mayor riesgo en este caso reside en las patrullas de la policía mexicana que se detienen a revisar *todos* los vehículos día y noche. Aquí es donde las chicas serían devueltas si las descubrían escondidas en un vehículo o si se sospechaba que son migrantes. Finalmente, al llegar al cruce fronterizo, las dejarían cerca. Tendrían que atravesar por sí solas las paredes rotas en el muro fronterizo y luego lidiar con los agentes de inmigración estadounidenses que esperan al otro lado. De nuevo, existe la posibilidad de que las devolvieran en cuanto cruzaran.

Mientras terminaba sus explicaciones con indiferencia, sonrió.

—Esos son los riesgos a considerar —agregó el coyote—. Otro grupo se va pronto, así que tienes que decidir.

Los riesgos de ambas opciones eran aterradores. Betina intentó procesar la idea de que hombres al azar rondarían a sus hijas... *ADEMÁS* la amenaza de violación... *ADEMÁS* la posibilidad de que les disparararan por sus pertenencias... *ADEMÁS* tener que cruzar el desierto con una bebé... *ADEMÁS* estar encerrada en un tráiler. Los peligros eran abrumadores. Todos parecían horribles. Pero no tardó más de cinco segundos en pensarlo y eligió la segunda opción.

—Primero, —susurró Betina—, parece una ruta más fácil después de lo que soportó mi hermano en el desierto, y segundo, como las chicas son más jóvenes, hay muchas más posibilidades de que las procesen una vez que llegan al otro lado.

Una vez que Betina obtuvo la información esencial que necesitaba, le dijo al coyote que pediría un préstamo para cubrir el costo. Ella repasó mentalmente los diferentes escenarios mientras se recordaba a sí misma.

—No es tan inusual cruzar la frontera, la noticia correría rápido una vez que se fueran, así que el tiempo nos apremia —declaró.

Betina confiaba en que era bastante común que, si no pasaron la primera vez, tuvieron una segunda y una tercera oportunidad con el mismo dinero. Era mucho dinero, pero ella confiaba en el plan. Creía en la capacidad de sus hijas para encontrar su camino. Aunque hacía años que no sabía mucho de su hermana en Nueva York, confiaba en ella como familia. Visualizaba una vida mejor para ellas: un futuro lejos de Guatemala.

Quedaba una última cosa en su lista de tareas: necesitaba compartir el plan completo con las chicas y asegurarse de que estuvieran de acuerdo.

Era hora de tener una conversación sincera con Sofía y Carmen. Para entonces, Sofía tenía casi dieciséis años, Carmen diecisiete y el bebé apenas trece meses. Era una apuesta arriesgada, una esperanza y una oración de fe, pero total, sentía que valía la pena el riesgo.

—Si optas por la primera opción por el desierto —afirmó Betina—, podrías cruzar la frontera con menos resistencia, pero lo más probable es que hagas todo el camino a pie...nada bueno. Sería muy arriesgado; podrían surgir muchos problemas para dos niñas y una bebé, por no mencionar lo peligroso que sería. Y si optas por el otro camino, lo más probable es que llegues en un camión o autobús, pero con una mayor probabilidad de ser detenido y devuelto por la Patrulla Fronteriza de México o la inmigración estadounidense, que te estaría esperando a ambos lados de la frontera.

Betina fue transparente y concisa. Las chicas se miraron y se quedaron paralizadas. Betina pudo ver el miedo en sus ojos.

—¿Estás segura de que puedes irte de *aquí* e irte con*migo*? —preguntó Carmen mientras observaba el rostro de Sofía.

—Sí, porque mamá cree que es lo mejor para que pueda ayudarte a ti y a la bebé cuando lleguemos a Estados Unidos —respondió Sofía con vacilación—. Pero una vez allí, ¿podemos ayudar a traer a mamá también a Estados Unidos?

—¡Claro! Traeremos a mamá en cuanto podamos —sonrió Carmen con alivio.

—Imaginen la lucha que dejan atrás y la libertad que encontrarán en su futuro —Betina les recordó y aconsejó—. Les prometo, al igual que mis hermanas y mi hermano que viven allí, Los Estados Unidos es un paraíso... lleno de riqueza y oportunidades para las jóvenes.

Como otros les habían dicho, el sueño americano es real y es su última esperanza. La decisión era clara.

—¡Sí! —declaró Betina con lágrimas en los ojos —. Quiero un futuro mejor para mis hijas, pero por ahora espero un *mañana seguro*.

Unos días después, Betina contactó al coyote. Le pidió 100,000 quetzales ($12,949.27 dólares estadounidenses) por las tres. Exigió un depósito inicial de la mitad de la cantidad. El acuerdo era pagar la otra mitad al llegar a la frontera.

Poco después, Betina consiguió el préstamo. Conseguir esa cantidad de dinero fue una tarea monumental, sin duda, pero Sofía notó lo rápido que se desenvolvió la cadena de acontecimientos. Se sorprendió al oír a su madre comentar lo fácil que fue conseguir el préstamo.

«Incluso los banqueros participaban en este plan... todo está encajando con tanta facilidad» pensó Sofía.

Al reencontrarse brevemente con el coyote, Betina revisó los riesgos de entregar la mitad del dinero, y a sus hijas, a un desconocido. Le preocupaba, pero confiaba en que no era habitual que un coyote se fugara con el dinero e incumpliera su acuerdo. Había oído hablar de muchas personas que habían sido devueltas, así que confiaba en que sus hijas podrían intentarlo de nuevo sin otro préstamo.

—Con ese acuerdo —dijo el coyote—, te llamaré cuando esté listo para irme.

La anticipación los llenó de ansiedad y estrés. Sofía estaba nerviosa. No podía dormir. Lloró a escondidas mientras pasaba un ciclo emocional de miedo, curiosidad y esperanza. Ambas hermanas procesaban la separación que se avecinaba, mientras se esforzaban por no pensar en ella. No sabían si sucedería hoy, esta noche, mañana, la semana que viene... pero pronto.

Por fin llegó el día. Betina se encontraba sola en el supermercado cuando sonó su celular. El corazón le latía con fuerza. Era sábado. Tenían que partir el lunes 6 de febrero de 2017. Sabía que la vida de todas estaba a punto de cambiar para siempre. Como el supermercado estaba cerca de su casa, llamó a su hija mayor, Enid, para avisarles que volvería pronto.

—Dígales a todos que me esperen en la cocina —afirmó Betina.

Enid les dijo a todos que esperaran alrededor de la mesa de la cocina porque su madre estaba a punto de regresar del supermercado con noticias importantes. Carmen agarró a Carmelita y corrió a la primera silla que vio. Sofía y las demás hermanas esperaban de pie a que llegara su madre. Cuando entró por la puerta principal de la casa para recibirlas, les extendió los brazos y les dio un abrazo grupal.

—¡Se van el lunes! —les exclamó Betina.

Gunner todavía no sabía nada.

«Capítulo 4»

Preparación para la salida

P: ¿Cómo se prepara uno para dejar atrás su país?
R: Con un corazón lleno de recuerdos, zapatos cómodos y dialecto mexicano.

«¿Qué nos va a pasar el lunes?» El corazón de Sofía latía con fuerza.

Por primera vez, lloró delante de su madre y sus hermanas. Todas lloraron y rezaron juntas, tal como les había enseñado Betina.

Las lágrimas corrieron entre las mujeres durante casi una hora. Al tranquilizarse, hicieron una lista de lo que necesitaban para el viaje. Betina se dirigió a la tienda del pueblo. Compró una mochila para Carmen y Sofía, zapatos cómodos e incluso zapatos para Carmelita.

—Gracias a la experiencia de tío —dijo Betina con ansiedad—, creo saber lo que necesitan: unos bocadillos, una chaqueta ligera o sudadera, dinero por supuesto, un celular, algunas oraciones y mucha suerte. También necesitan lo necesario para la bebé: galletas saladas, barras de granola, agua, pañales, leche y tres cambios de ropa.

En un pequeño saco, las niñas metieron una mantita de bebé, un par de suéteres y dos blusas. Después, Carmen y Sofía rasgaron cuidadosamente su ropa interior para coser dinero mexicano en las costuras. El coyote advirtió a su madre que no podían guardar efectivo en ningún otro lugar. Todo tenía que estar escondido.

El coyote les proveería a cada una la identificación mexicana falsa. Sofía se puso a memorizar el número de teléfono de su tía en Nueva York, y lo escribió con bolígrafo debajo del brazo... por si acaso.

Acordaron que añadir minutos de celular de Guatemala a Estados Unidos era un gasto adicional, pero necesario. El celular sería su conexión vital con su madre. Al igual que su tío, dependerían de los teléfonos celulares para la seguridad y tranquilidad. Siempre que tenían la oportunidad, prometían comunicarse, sin importar lo costoso que fuera.

El domingo por la mañana, el coyote revisó instrucciones y detalles sobre el siguiente paso.

—Hay dos fronteras que cruzar —les recordó—. Primero, deben prepararse para cruzar la frontera de Guatemala a México, y finalmente después cruzarán la frontera de México a Estados Unidos.

Este último grupo de migrantes se reunirían según las instrucciones, en un hotel cerca de la frontera con Guatemala en un pueblo llamado La Mesía. Era un lugar sencillo e insospechado, pero de gran importancia para los viajeros. Sus vidas, tal como las conocían, se separarían allí.

Betina comprendió que tal vez nunca volvería a ver a sus hijas y nieta una vez que cruzaran a México. Ella quería pasar su última noche juntas. Para que el viaje fuera especial, Betina alquiló una camioneta para que todas sus hijas pudieran viajar juntas y cómodamente. Todas deseaban despedirlas y abrazarlas por última vez. Condujeron poco menos de seis largas horas y 480 kilómetros desde San Marcos hasta la frontera entre Guatemala y México en La Mesía.

Esa noche, mientras el nuevo grupo de migrantes se reunía por primera vez en el vestíbulo de un hotel desvencijada, el coyote no tardó en darles algunos consejos útiles para el éxito. Les pasó una hoja de papel con una lista de cosas que cada uno debía saber de memoria; enfatizaba que deben estar preparados para hacer esas cosas bien durante el viaje. Era crucial que entendieran cómo responder a posibles preguntas de la patrulla fronteriza mexicana. Si las patrullas sospechaban que se trataba de un migrante que intentaba cruzar México para entrar a Estados Unidos, los detendrían allí mismo, posiblemente los arrestarían y, sin dudarlo, los deportarían.

—Si los detienen, —el coyote les advirtió—. el agente de inmigración mexicano intentará engañarlos preguntándoles: *¿De qué departamento son?* En Guatemala, a nuestros condados les llamamos 'departamentos', mientras que en México les llaman 'estados'. La diferencia terminológica es *muy* importante. Dependiendo de su respuesta, 'departamento' o 'estado', la policía sabrá de inmediato si son de México. Si los viajeros fueran realmente mexicanos, habrían respondido la pregunta en su dialecto y vocabulario. ¿Está claro?

Esto impactó grandemente a Sofía mientras intentaba comprender lo que les estaba enseñando.

«¡Todos tenemos que memorizar estos datos para que el viaje fuera un éxito!»

Estaba aterrorizada.

«¿Cómo voy a recordar tantos datos de esta hoja informativa sin complicarles la vida a los demás? ¡No sé si podré! ¿Y si digo algo incorrecto? ¿Y si me envían de vuelta o me separan de mi hermana?»

Con una concentración total, los estudió una y otra vez.

Era lunes 6 de febrero de 2017. A las 4:00 p. m., el coyote tocó rápidamente tres veces la puerta del hotel de cada migrante, invitándolos a salir. Dio otra charla estratégica en el vestíbulo del hotel. Sofía miró a su alrededor. Era la primera vez que realmente se fijaba en las otras personas. Era fácil para ella notar que venían de toda Centroamérica: Honduras, El Salvador, Costa Rica, Guatemala y Nicaragua. Pero todavía estaba en un estado de desconcierto. Todo pasó tan rápido.

—¿Estás lista para esto? —le preguntó a su hermana en voz baja.

Carmen no respondió. Solo asintió 'sí' con la cabeza.

Escucharon atentamente.

—Siempre permanezcan en el mismo grupo —exigió el coyote—, porque se pueden perder fácilmente. Recuerden, si un funcionario de México les dice que se bajen del autobús, no podemos decir que no porque somos de México. Lo primero que harán será pedirles su identificación; denles la falsa que les di a cada uno. Les preguntarán de dónde son, así que memoricen su identificación mexicana falsa, desde AHORA. Pero si no les preguntan nada, no digan *nada*. Pero si lo hacen, digan que viajan a Guadalajara a visitar a la familia o al trabajo para que no sospechen que están tratando de cruzar la frontera. Si se ponen nerviosos, les harán más preguntas... ¿De dónde son? ¿A dónde van? *Solo* respondan si les preguntan. Si no, *sigan en Silencio*. Tienen que fingir que *no* conocen al conductor de la camioneta en la que van, porque si se acercan demasiado a él o lo siguen, sospecharán que es un coyote y los investigarán o los detendrán. *¿Entienden?*

—¡*Sí*! —asintieron todos.

La mayoría de los puntos de la hoja informativa trataban sobre cómo comportarse como un mexicano, por si acaso. Algo le decía a Sofía que esta información le vendría bien. Era abrumadora.

«Veinte personas en total van de viaje».

Por primera vez Sofía contaba los migrantes que iban con ella. Como estaba tan preocupada por ser la última vez que estaría con su madre y sus otras hermanas, no había prestado atención al tamaño del grupo. La pequeña Carmelita se portaba bien porque todavía se encontraba en un ambiente donde el movimiento de la gente y algunos rostros a su alrededor eran normales.

—¡Tomen sus cosas! —el coyote gritó por fin—. ¡Todos al autobús, *ahora*!

Tal como les indicó, abordaron al autobús, un tipo de transporte que normalmente encontrarías en cualquier lugar de Centroamérica, como si se tratara de un viaje normal.

A Sofía le costaba concentrarse en lo que sucedía porque seguía pensando en su madre.

«Amo a mi madre, a mi familia y a mi país. Ya extraño su comida. ¿Quién me querrá y cuidará como ella? No estaré allí para cuidarla. ¿Cómo podré despedirme?»

Buscó su mochila y se obligó a despedirse. Betina abrazó fuerte a sus hijas y a su nieta y les habló un pensamiento del corazón con sus últimas palabras.

—Espero que lleguen bien y que no les pase nada malo —susurró—. Dios estará con ustedes en cada paso del camino...pidan con fe cualquier cosa que necesitaran. Se abrazaron de nuevo y se dirigieron al autobús.

Sofía, Carmen y Carmelita fueron las primeras en subir, así que ocuparon la primera fila. Los veinte valientes viajeros iban apretados en un vehículo con capacidad para doce o quince personas, según la disposición de los asientos. Cada uno tenía su propia razón para dejar su país, pero ahora compartían un propósito común que cumplir.

«Capítulo 5»

La primera etapa y ya está enferma

P. ¿Cuántas millas hay desde la frontera entre Guatemala y México hasta la frontera entre Estados Unidos y México?

R. 2271 millas. Tarda aproximadamente 44 horas sin parar. Es mucho viaje para un bebé.

De repente, Carmelita rompió a llorar. Sintió la desconocida incomodidad que sentían su madre y Sofía al despedirse de sus seres queridos. Hubo mucho revuelo en los últimos días. Todo sucedió tan rápido que Carmelita se sintió abrumada y confundida. Pero continuaron sentaditas en el autobús unas cuatro horas sin parar hasta el anochecer. Nadie dijo una palabra. Todos en la camioneta parecían nerviosos; la tensión era pesada mientras guardaban silencio. Sofía, apretada en su asiento, pasó el tiempo imaginando diferentes escenarios. Nadie podía predecir lo que encontrarían en el camino.

En un momento dado, el conductor se detuvo para recoger a otra chica, de unos veintiún años, y a un niño de unos dos o tres años.

Se sentaron bien apretados en el asiento junto a Sofía y Carmen. Ya eran veintidós personas, más el conductor que se encontraron en una camioneta. Sofía dejó escapar un suspiro...un suspiro que no se dio cuenta que había estado conteniendo. Se sintió más segura cuando subió esa chica porque ahora había más mujeres.

Empezaron a hablar con cautela. Resulta que Jessica era de El Salvador. Ella también decidió dejar su país para escapar de la violencia doméstica. Al instante conectaron. Jessica, Carmen y Sofía tuvieron la tarea de cuidar bebés en este viaje, así que no tardaron en compartir sus sueños de una vida mejor para ellos.

—Voy a ayudar a mi hermana con la bebé —habló Sofía con voz suave pero orgullosa—. No podría separarme de ellas. Viviremos con nuestra tía en Nueva York. Estudiaremos allí y conseguiremos trabajo para ayudarnos a pagar los gastos.

Jessica les explicaba que se dirigiría a California, donde su hermana los recibiría en Estados Unidos, mientras Carmen atendía el hambre de su bebé amamantándola.

—Sofía, ¿cómo estás? ¿Ya tienes hambre? —averiguó Carmen.

—No —Sofía respondió—. Me comí esos tamales que nos preparó mamá una hora antes de irnos. Todavía no tengo hambre. Tenemos que guardar las botanas... recuerda lo que le pasó a nuestro tío.

El silencio rodeaba a los pasajeros. En medio de ese silencio, como mucho, se oían suaves susurros ocasionales. El largo viaje, el silencio y el calor empezó a afectar a Carmelita. Además, conducían por un terreno desértico. Había tramos de la ruta muy calurosos y otros muy fríos. Aparte de la pequeña manta de bebé que empacaron, no hubo otras mantas ni almohadas para consolarlas.

Continuaron durante seis horas más en silencio. En eso, los llevó a la frontera con México. Para entonces, la suerte parecía estar de su lado porque era tarde en la noche cuando cruzaron a otro país. Tuvieron suerte de no haber sido detenidos por ninguna patrulla fronteriza... hasta el momento.

Una vez en México, llegaron a un rancho mexicano parecido a una granja. Eran las dos de la mañana. El conductor los dejó y desapareció en un instante. Sofía lo vio alejarse.

—¿Crees que regresa a Guatemala?

—Probablemente —respondió Carmen en un suave susurro—. ¿Adónde más se dirigiría?

Uno a uno, los pasajeros fueron escoltados a una gran sala lateral de la casa principal. Al entrar, Sofía vio aún más gente, unas diez migrantes. Al instante se sintió aliviada; al menos allí se encontraban con más mujeres. Cada persona encontró su propio espacio en el suelo y comenzó a adaptarse a su nuevo ambiente. Solo había un baño para todos. Una pequeña fila se formó discretamente mientras se turnaban para usarlo. Aun así, reinaba el silencio.

—Sofía, deberías comer ahora que todos se están acomodando —le aconsejó Carmen. Te ayudará a dormir mejor.

La comida era lo último en lo que Sofía pensaba. No veía a nadie comer ni moverse mucho. Pero tras mucho pensarlo, logró sacar unas galletas para picar. Sin decir palabra, vigiló a la bebé que dormía plácidamente en brazos de su hermana. Pero ninguna de ellas pudo descansar. Siguieron compartiendo breves y susurrantes conversaciones con su nueva amiga, Jessica. Todavía no estaban muy seguras en confiar tanto ni en ella ni en nadie. No se atrevieron a arriesgarse. Todos guardaron distancia, pero juntas, las chicas permanecieron en silencio en su pequeño rincón del suelo hasta las 6:00 a. m.

Temprano, un nuevo conductor apareció en la puerta de la granja. Con un silbato, les indicó que salieran. Procedió a separar a los hombres de las mujeres. Sofía agarró la mano de su hermana mientras Carmen sostenía a la bebé cerca de su pecho. Luego, indicó a todas las mujeres que montaran en una camioneta y a los hombres en otra, que la seguiría de cerca durante la siguiente parte del viaje. Las ventanas estaban tintadas para que nadie pudiera ver hacia adentro.

Despegaron y continuaron el camino hacia al norte durante ocho horas más. Solo pararon dos veces para ir al baño. Nadie compartió comida durante el viaje ya que cada persona trajo la cantidad estimada y necesaria para su propio consumo.

—¿Por qué crees que nunca vemos a los conductores comiendo, durmiendo o conversando con los viajeros? —le preguntó Sofía a Carmen—. Parece que nunca dejan de observarnos y a nuestro alrededor. ¿Adónde van cuando no están con nosotros? ¿Crees que hacen planes para nosotras? ¿Cuándo usan el baño?

Carmen puso los ojos en blanco y se encogió de hombros. No se fijaba en las cosas como Sofía, aunque ambas coincidían en que las paradas de descanso y las casas parecían estar predeterminadas a través del camino.

—A lo largo de la ruta, hay una red de alojamientos que se convierten en parte del plan —Jessica se inclinó y susurró—. Durante mi primera visita, alguien me dijo que los coyotes acuerdan pagos con los dueños de estas casas de rancho para que sus pasajeros puedan pasar la noche, usar sus baños, ducharse y cargar gasolina. Algunos están relacionados con la iglesia y otros incluso venden comida y refrigerios básicos. Todos quieren sacar provecho de nosotros donde puedan. Es un negocio… sin duda. Durante el día, los pasajeros solo podían bajar del autobús para ir al baño, uno a la vez, para que ningún vecino, transeúnte, policía local o funcionario de migración notara el movimiento.

Sofía aprendió lo astutos que eran los coyotes al planificar cada tramo del viaje con tanta precisión en las paradas y los descansos para ir al baño que nadie sospechara que estaban traficando migrantes.

—Carmen, ¿Crees que nuestro conductor se iría alguna vez sin los pasajeros y nos dejaría varados aquí? —preguntó Sofía en voz baja.

Aun preguntándose por las idas y venidas del conductor, siempre pensaba dos pasos por delante de Carmen. Ella pasaba preocupada en los 'qué hubiera pasado si…'. Sofía también reflexionó profundamente sobre por qué la gente sigue las reglas, y por qué otros las rompen.

Luego de comentar la experiencia hasta el momento, se dieron cuenta que este conductor de autobús nunca se iría sin ellos gracias a sus habilidades de liderazgo que observaron. Como si estuviera reuniendo un rebaño de ganado, calculaba y recalculaba constantemente, sin apartar la vista de ellos.

—¡Dense prisa! —repetía el conductor—. ¡No tenemos mucho tiempo! ¡Y manténganse cerca!

Se aseguraba de que cada uno de sus pasajeros estuviera atento a su entorno, actuara adecuadamente y permaneciera a su vista.

—¡Supongo que necesita cobrar! —Carmen soltó una risita—. ¿Por qué si no querría alguien hacer esto? Supongo que es solo un trabajo más para él.

De momento, las niñas notaron que Carmelita no se portaba bien. Parecía que ella cogió una enfermedad. Le goteaba la nariz, estornudaba y, aunque no tenía fiebre, tosía mucho. Su llanto se intensificaba mientras se retorcía. Nada parecía tranquilizarla. Al toser, parecía dolerle y gemía aún más. Ambas esperaban que tal vez fuera un simple resfriado y nada más grave. La enfermedad de la bebé no pudo haber llegado en peor momento.

—Sofía, dale a la bebé una de tus galletas o algo! —dijo Carmen, mientras dando golpecitos con los pies con ansiedad y balbuceando sus palabras—. ¿Crees que llora muy fuerte?

Sofía se encogió de hombros y evitó el contacto visual, al darse cuenta de que no habían traído medicina para bebés. No quería preocupar más a su hermana.

—Dame a mi sobrina —respondió Sofía—. La cargaré un rato a ver si se calma un poco. Quizás se duerma en mis hombros.

Para entonces, sus llantos molestaban a todos en el autobús. Sofía sabía lo que pensaban todos a bordo. No era habitual encontrarse con un bebé enfermo en la calle; eso probablemente llamaría la atención, algo que desesperadamente no querían. Miró a Carmen, mientras ambas intentaban calmarla.

—Todos van a pensar que somos unas delincuentes —susurró Sofía—. Ningún bebé enfermo debería estar en este autobús. Lo siento mucho por ella. Debería estar en casa, en cama, con mamá

—¡*Callen* al bebé!" —gritó con voz muy firme el conductor del autobús—. ¡*Silencien* al bebé!

Carmen y Sofía sabían que debían mantener a la pequeña Carmelita callada y ocupada. Si alguien la oía en una parada rutinaria o en un semáforo, el llanto y la tos levantarían sospechas, y seguramente las descubrirían. De vez en cuando, el conductor miraba fijamente por el retrovisor para recordarle a Carmen que un bebé que llora mucho es una señal de alerta para cualquiera que esté cerca.

Al caer la tarde llegaron a otro rancho, a unos cinco minutos del pueblo más cercano. El conductor les dijo que pasarían la noche allí. Siempre bajaba primero. Mientras los demás descendían del vehículo, Sofía lo vio hablando con el dueño e intercambiando algo que sacó de su maletero. Tal como se les indicó, nadie más se atrevió a acercarse.

En fila, entraron en otra habitación más grande. Apenas entraron, el conductor desapareció.

«¿Adónde se dirigía este conductor de autobús con tanta prisa? Sea cual sea el motivo, supongo que todo va según lo previsto y marcha sobre ruedas, como un reloj».

—Carmen —susurró Sofía con cara de desconcierto—... ¿Te has dado cuenta de que ni los conductores, ni los coyotes, ni los rancheros nos hablan? Mantienen la distancia. Hablan con tan pocas palabras, algunas miradas severas y algunos gestos... ¿Por qué son tan antipáticos y misteriosos? Me pone nerviosa verlos interactuar.

—No, y me da igual. —Carmen respondió—. Es parte del acuerdo para llegar adonde necesitamos ir.

Carmen sabía que era mejor callarse y no hacer más preguntas ni preguntarse por qué. Era la única manera de seguir adelante.

Dentro de la habitación, para su deleite, Sofía se encontró con más mujeres hispanas: dos ecuatorianas y seis hombres. Aunque no eran de su país, la sensación de conexión e identidad como compañeras migrantes aumentó. Aunque aún protegidas, ella y Carmen se sintieron mucho más seguras juntas, como un equipo de mujeres que ahora formaban parte de su grupo y hablaban su idioma. Se sintieron aliviadas a pesar de que la camaradería y las charlas eran limitadas en esta parada.

Cada migrante mantenía distancia entre sí, sin mirarse, sin compartir. La tensión nunca disminuyó. Sofía siempre había estado asustada por los rumores sobre hombres que agredían a mujeres en estos viajes clandestinos. Recordó haber oído a sus hermanas mayores y a su madre hablar de ellos. Su corazón se aceleró. Al mirar a su alrededor, era evidente que tenían poca o ninguna protección. Si algo sucedía, nadie querría involucrarse. Era una sensación horrible mientras esos pensamientos rondaban su mente.

En un momento dado, la señora del rancho entró en la gran sala y se dirigió a los pasajeros con una voz breve y monótona, como si ya lo hubiera hecho muchas veces antes.

—Si quieres salir de la habitación para tomar un poco de aire fresco, puedes hacerlo —dijo la señora y señaló la puerta y el único baño—. Puedes comprar comida si te interesa. Ofrezco huevos cocidos a quien quisiera comprar. El agua es gratis. Afuera hay bolsas pequeñas de papas fritas y bocadillos a la venta.

Era casi como una pequeña tienda de comestibles donde la gente podía comprar comida para llevar. Sofía y Carmen vieron a los hijos de la señora jugando cerca del rancho cuando llegaron en coche, pero les daba miedo caminar y explorar. Nadie se alejó de sus acompañantes.

La salud de Carmelita empeoró. Estaba muy enferma. Seguía tosiendo. Todos podían oír cuánto le dolía, pues cada exhalación vigorosa provocaba un gemido de dolor.

—¿Qué vamos *a hacer?* —preguntó Carmen a Sofía Con un tono desesperado—. ¡No tenemos *nada* que darle para que se sienta mejor ni para *calmar* la tos!

Antes de que Sofía pudiera responder, uno de los hombres mayores pareció molesto y se acercó. Le ofreció a Carmelita una paleta de caramelo. Ella la aferró con sus manitas, pero Carmen no la dejó comer porque les daba demasiado miedo que un hombre se metiera en su espacio. Al instante, se la arrebató a Carmelita, lo que la hizo llorar aún más.

Los demás refunfuñaron y criticaron a la bebé por el ruido. Se quejaron de que la policía de inmigración la oiría y los encontraría. Pasaban diciendo *¡CÁLLATE, BEBÉ!* Eran hostiles, casi como una turba enfurecida que quería que la bebé parara. Sofía y Carmen estaban fuera de sí, ansiosas y preocupadas qué hacer.

Sofía miró a su alrededor y contó. Había unas quince personas en el rancho listas para la siguiente etapa del viaje. Esperaban atentamente las instrucciones. La señora regresó después de unos veinte minutos.

—Pueden ducharse —explicó con más énfasis que antes—. ¡No usen mucha agua y no más de cinco minutos! ¡Si lo hacen, les cobraré *más*! Las mujeres van primero... Hay unos nueve o diez hombres, y ellos van después.

Se respiraba una vibrante gratitud, pues después de varios días, podían refrescarse con agua. Las chicas esperaban que una ducha ayudará a la bebé. La fila de migrantes corrió hacia las cuatro duchas improvisadas afuera. Se oyeron algunas exclamaciones... el agua estaba muy fría.

Después de una ducha rápida, notaron que Carmelita tenía fiebre. Tosía mucho más y respiraba con más dificultad. El mismo hombre mayor que le había ofrecido la piruleta también notó que empeoraba. De nuevo, se acercó y le dio una pastilla para la tos con una cápsula de Tylenol para adultos. Carmen entró en pánico al pensar que su bebé era demasiado pequeño y que el medicamento podría hacerle daño. Con una sonrisa amable, lo aceptó, se giró y se lo guardó en el bolsillo. No se atrevió a dárselo a Carmelita por miedo.

Bajo presión, Carmen se volvió ingeniosa. Esforzándose por no entrar en pánico, sacó el celular escondido entre sus ropas y llamó a su madre. Como si estuviera realizando una operación, presionó cada número del teclado y se aclaró la garganta.

—Mamá, *soy yo* —dijo Carmen—. Estamos bien. Estamos en un rancho en algún lugar de México. Hasta ahora todo nos ha ido bien, pero la bebé se ha enfermado con fiebre, moqueo y una tos terrible. ¿Qué debo hacer?

Describió en voz muy baja lo enojados que estaban los demás pasajeros. Betina lloró, lo que hizo llorar a Carmen, lo que hizo llorar también a Sofía.

—¡No sabemos qué hacer! —repitió Carmen en cámara lenta, todavía en pánico—.

Los demás hermanos y Betina estaban todos apiñados alrededor del teléfono escuchando a Carmen.

—Dale solo la mitad de la dosis de Tylenol que te dio el hombre —contestó su hermana mayor, Alma la enfermera. Divide la pastilla y ten mucho cuidado porque Carmelita es solo una bebé. Tenías razón en preocuparte. Pero todo irá bien. Dale solo la mitad de la dosis. ¡Te queremos!

Cuando colgaron el teléfono, Carmen hizo lo que Alma le había indicado. Luego sacó una prenda de ropa de su bolso, la mojó y se la puso a la bebé en la cabeza para refrescarla. Sofía abrazó a la pequeña Carmelita durante horas hasta que finalmente se durmió. Durante la noche, la fiebre le bajó. Sofía rezó mirando a su sobrina dormida.

«Por favor, Señor, que esta enfermedad se vaya pronto y que ni Carmen ni yo nos enfermemos. Gracias».

Habían pasado tres días y tres noches desde que salieron de casa y durmieran en su propia cama. Tres días en la carretera con desconocidos. Carmen y Sofía quizás se quedaron dormidas un rato, pero sobrevivieron la noche entre la vigilancia de sus alrededores, la preocupación por lo desconocido y el agotamiento absoluto. Carmelita durmió toda la noche.

«Capítulo 6»

Aplastadas

P. ¿Cuántas personas caben en una camioneta con cabina extendida?
R. Legalmente, cinco.

Al cuarto día, Carmen y Sofía se sentían agotadas viajando con desconocidos y lejos de casa. Pero todos querían lo mismo. Por suerte, Carmelita parecía estar mejor. Esa mañana se quedaron distraídas mientras esperaban alguna señal del coyote que les indicara cuándo y hacia dónde irían a continuación.

No hubo muchas conversaciones entre el grupo, y el ambiente estaba cargado de aprensión. La mirada de Sofía vagaba cada rato con preocupación silenciosa, pero siempre permaneció cerca de su hermana. No tenían nada que hacer más que esperar. A medida que la mañana del miércoles se convertía en tarde, las chicas se confesaban cómo se sentían.

—Estoy un poco ansiosa sin nuestro entorno de casa, sin mamá y sin su desayuno — Sofía reveló—. Casi puedo oler el aroma de la cocina cuando cocinaba ella. Extraño verla.

—Yo me siento aliviada por la violencia de la que escapé —respondió Carmen.

Sofía tenía más miedo de dejar atrás a su mamá y hermanas, y de las cosas horribles que podrían pasarles en el viaje, mientras que Carmen estaba más ansiosa por encontrar la futura libertad que encontraría en Estados Unidos. Los pensamientos sobre lo que hacían y adónde iban comenzaron a caer en cuenta, mientras ella intentaba reenfocar en el paraíso que les habían prometido.

—Lo único en lo que puedo pensar es en poder irme a un nuevo país con mi bebé —respondió Carmen—. No dejo de pensar en lo que haría Gunner si nos encuentra, y en cómo voy a mantenerla sola en Estados Unidos, sin trabajo ni residencia permanente...*todavía*. Pero me siento muy aliviada de dejar los últimos dos años de mi vida en Guatemala. Estoy decidida a superar cualquier obstáculo y encontrar la manera de alcanzar mis nuevas metas.

Sin nada que hacer, decidieron comprarles los huevos a las mujeres del rancho. Estaban bastante fríos, muy grasosos y parcialmente crudos.

—¡Qué asco! —protestó Sofía en voz alta—. Parece papilla.

Pero se los comió de todos modos, con unas cuantas galletas que tenían guardadas.

—Solo tengo sed —comentó Carmen.

Carmen no tenía hambre. Estaba muy frágil. Con toda la preocupación por la enfermedad de su hija y pensando en la vida de abuso de la que huía, no tenía apetito. Esperaba producir suficiente leche materna para alimentar a su bebé y ayudarla a recuperarse del virus que contrajo.

—¿Qué crees que dirá Gunner cuando se entere de que se ha ido su hija? —dijo Carmen en voz alta—. ¿La buscará en Estados Unidos? ...

¿Podría encontrarnos? ... Estoy muy contenta y agradecida de tenerte a mi lado, Carmelita.

Tantos pensamientos. Amamantar a su hija la reconfortaba, sabiendo que la pequeña

Carmelita estaría a salvo de una crianza violenta. Estaba segura de que su hija tendría un futuro mejor por delante, muy lejos de su padre.

Sentada en el suelo, también Sofía tuvo un momento para reflexionar un poco más sobre lo que dejó atrás. Miró fijamente, esperando que su hermana no viera su rostro preocupado. Tantas emociones encontradas rumiando en su cabeza y en su corazón.

«Acompaño a Carmen a petición de nuestra madre... amo mucho a mi hermana y solo quiero lo mejor para ella y mi sobrina, pero me aterra mi propio futuro incierto y lo que me pueda deparar el futuro...al mismo tiempo, siento que debo cumplir con mi deber por el bienestar de toda nuestra familia... pero con tantos obstáculos aún por encontrar, muchas cosas podrían salir mal... incluso si lo logro, ¿qué haré? ¿Cómo lo haré? No sé nada de inglés, no tengo dinero, no he terminado la escuela y voy a vivir con la hermana de mi madre, a quien nadie ha visto en más de veinte años, creo».

Era mucho para que una adolescente lo contemplara.

Jessica, Sofía y Carmen estaban en una esquina y los hombres en otra. Sofía seguía mirando a su alrededor, siempre atenta. Los hombres eran de todo tipo. Algunos mayores, algunos casados, algunos jóvenes, algunos solteros. De vez en cuando, escuchaba discretamente sus conversaciones, sin acercarse demasiado a su espacio. Escuchando atentamente los dialectos de los hombres: guatemalteco, hondureño, salvadoreño y nicaragüense. Ella podía discernir de qué país centroamericano provenía cada uno. Eso le resultaba bastante divertido.

Sin duda, las chicas seguían pasando miedo de estar cerca de los hombres. Muchos de ellos regresaban para intentar cruzar la frontera de nuevo, escondiéndose de la patrulla fronteriza que los detuvieron ya una o dos veces.

«¿Me pregunto de qué atrocidades estarían huyendo? ¿Dejan atrás a sus esposas e hijos? ¿Extrañan a sus familias tanto como yo? ¿Tienen un lugar adónde ir o patrocinadores esperándolos? Seguramente deben tener alguna razón para estar aquí. ¿Qué obstáculos...o peor aún...qué peligros podrían haber enfrentado para llegar a *este* punto? ¿Están estos hombres tan asustados como *yo*?»

De repente, exactamente a las 2:00 p. m., apareció un nuevo conductor de autobús con un medio de transporte diferente esta vez. Era una camioneta de cabina extendida con puertas dobles a cada lado. Sofía notó que también tenía ventanas tintadas muy oscuras para que los transeúntes no pudieran ver el interior. Tenía dos filas de asientos para acomodar a dos personas adelante y tres atrás en circunstancias normales. Esta cabina no era del modelo con puertas traseras que se abrían para acceder a la carga de las personas que llevarían detrás. Sofía tenía mucha curiosidad por ver cómo cabrían todos esos viajeros.

El coyote salió, se acercó a sus nuevos pasajeros y les dijo exactamente cómo entrarían. Primero para acomodarse eran las dos mujeres ecuatorianas, una con un bebé de dos años en su falda. A continuación, Carmen con Carmelita en su falda, luego Sofía y, por último Jessica con el bebé de Jessica. Les hizo señas para que subieran al asiento trasero. Todas las mujeres con sus bebés se incorporaron al interior del camión. Eran un total de siete apretados.

Luego les dijo a los hombres que subieran a la parte trasera; ellos, uno por uno se acostaron en el suelo de carga de la cabina extendida. Cada uno tenía que echarse de tal manera, primero horizontal, luego vertical, luego horizontal, luego vertical, etc., hasta que el fondo de la cabina estuviera lleno. Eso hacía un total de ocho hombres, echados.

No podían moverse, levantarse ni siquiera rascarse. Después de que los hombres se acomodaron en la cabina, boca arriba, el conductor los cubrió con una lona. Bien camuflados, el camión parecía transportar lo que suelen transportar los camiones de carga. Sofía se estremeció al mirarlos.

«Este camión lleva seres humanos echados, cubiertos, apenas respirando, con la esperanza de llegar a un lugar que les permita tener una vida mejor que la que dejaron atrás. Que Dios los bendiga».

Le costaba mucho comprender que bajo esa lona había ocho hombres arriesgando sus vidas en una misión por un futuro mejor. Por regla general, tenían prohibido hablarse. La visión de cada uno de esos seres humanos subiendo y acostándose en el suelo de la cabina la atormentaba y la llenaba de ansiedad por lo que estaba por venir.

«Espero que estos hombres cumplan las reglas.»

«Capítulo 7»

Retenes, hongos y animales del desierto, ¡Dios mío!

P. Qué *más* aterrador: ¿Esconderse en secreto de la policía; ser atacado por un miembro de una pandilla del cartel; ser mordido por una serpiente de cascabel, un escorpión, una viuda negra o un monstruo de Gila; o desmayarse inesperadamente?

R. Cualquier cosa que haga perder el control es aterradora: la autoridad intimida con el poder; las pandillas usan la violencia; los reptiles silban; y el desmayo causa una pérdida repentina del conocimiento.

Jessica empezó a conversar con Sofía y Carmen para pasar el rato. También de Centroamérica, ella quería compartir los rumores que había oído sobre los peligros del viaje por México. Quería saber qué datos interesantes o importantes sabían ellas. Era como una especie de charla de chicas y un intercambio de impresiones.

—Además de las dificultades obvias de dejar atrás su hogar, —Jessica preguntó en voz muy baja, ¿alguna de ustedes sabe algo sobre Los Hongos? ¿Saben cómo son? *Creo que* se les podría distinguir de otros hombres. Quizás llevarían los colores de México: rojo, verde y blanco...probablemente tendrían muchos tatuajes.

—No, no creo que sea tan obvio —Carmen respondió—. Mucha gente tiene tatuajes. Tenemos un familiar que logró llegar a la frontera. Nos advirtió sobre los carteles de la droga y el crimen organizado que vigilan atentamente a los viajeros en esta misma ruta. Dijo que Los Hongos son justicieros corruptos que se encargan de rastrear a migrantes que huyen como nosotros. Somos su objetivo. Podrían violarnos, matarnos, secuestrar a nuestros bebés y quitarnos nuestras pertenencias: nuestro dinero, comida, teléfonos...todo. Irónicamente, son más peligrosos para nosotros que la policía mexicana o los retenes porque harán lo que sea para enriquecerse, controlar a la gente y ganar territorio.

—Espera un momento —Intervino Sofía— ¿Quiénes son los retenes?

—Los retenes son diferentes a los vigilantes o a la policía mexicana —respondió Jessica—. Son agentes migratorios. Los retenes son contratados por el gobierno mexicano para mantener a los migrantes y refugiados...nosotras... *fuera* de México. No quieren que atravesemos su país para llegar a Estados Unidos. Su único trabajo es devolvernos inmediatamente si nos atrapan. El problema que asusta a la mayoría de los viajeros es que los retenes. No buscan maneras de detener a los Hongos. Debido a la escasez de retenes, poco se puede hacer para apoyar a los migrantes detenidos, salvo devolverlos directamente a su país. Es de los Hongos a quienes realmente debemos cuidar.

—Sé por Gunner que, con los años, Los Hongos, entre otros grupos corruptos locales, se han extendido por las rutas que recorren los migrantes —agregó Carmen—. Es muy lucrativo para ellos. Son más poderosos que la policía mexicana o los retenes porque pueden hacer lo que quieran y, en la mayoría de los casos, nunca son procesados. Solo tenemos que estar alerta ante los hombres que parecen interesados en nosotras y se meten en nuestro espacio. No debemos entablar conversaciones con nadie.

—Sí, —la voz de Jessica se tensó al hablar con las chicas—. Tenemos que prepararnos para cualquier cosa. Estos tipos pueden ser violentos. Son conocidos por matar a cualquiera que no sea de su país por cualquier motivo o beneficio. Todo el mundo alega que roban despiadadamente a los migrantes su dinero y pertenencias, atacan a mujeres, decapitan, asesinan y simplemente los abandonan en el desierto o los dan por muertos. Viajeros vulnerables *como nosotras* facilitamos a Los Hongos incluso el reclutamiento de personas, obligándolos a cumplir sus órdenes y matándolos si no lo hacen. ¿Recuerdan cuando masacraron autobuses llenos de 193 pasajeros? Fue horrible.

—Mi tío le explicó a mi mamá que el gobierno mexicano no tiene el personal ni el dinero para detener la llegada de migrantes, ni para investigar los delitos cometidos por grupos parapoliciales y cárteles que interfieren en su viaje —dijo Carmen—. Es decir, el gobierno mexicano no tiene suficientes recursos para detener la corrupción y las agresiones. Como resultado, los ciudadanos mexicanos no se involucran en situaciones en las que no pueden hacer mucho. Es lamentable que la mayoría de los ciudadanos que podrían presenciar un delito opten por lo seguro y den la espalda a las personas vulnerables como nosotros, que, por necesidad, *tenemos* que atravesar México, camino a la frontera con Estados Unidos. De esto estoy segura. Se necesita mucha valentía para atreverse a cruzar un país que no los quiere, ¿verdad que sí?

—Estas historias terribles me asustan —dijo Sofía escuchando atentamente con curiosidad—. Suenan demasiado comunes. ¿Creen que nos pasará algo? ¿Para qué querrían niñas y bebés? No tenemos dinero. ¿Tienen miedo? Si nos atraparan y no tuviéramos dinero para el rescate, o nos negáramos a trabajar para un cartel, ¿nos asesinarían, así como así?

—No te preocupes, Sofía —dijo Jessica al ver el miedo en sus ojos—. Mantengámonos unidas. Es cierto, probablemente haya cientos o miles de historias de injusticias, pero quienes logren sobrevivir al miedo finalmente encontrarán una vida nueva y mejor. Creo que estaremos bien si nos cuidamos mutuamente. Simplemente sigue viéndolo como un obstáculo que superarás, como el muro que tenemos que cruzar, y piensa en todo lo bueno que habrá al otro lado de la frontera. Estados Unidos será un refugio seguro para nosotras una vez que pasemos por México. Todos dicen que seremos felices allí. Lo lograremos, estoy segura.

Sofía pensó en lo que dijo Jessica en sus intentos de animarla.

—Bueno, —respondió Sofía—. Nuestra mamá debió de sopesar todo esto y decidió que incluso tú Carmen, su propia hija, que huye de las injusticias de Gunner y de las dificultades que Reina les creó a ti y a Carmelita, deberías correr el riesgo. A pesar de todo el peligro, los desafíos serían efímeros, en comparación con la posibilidad de un gran futuro para toda la vida... lo que hace que el viaje merezca la pena... supongo.

—Sí —asintió Carmen—. Aunque esto nos aterroriza a todos, y podríamos encontrarnos en una situación difícil sin recursos, sin apoyo, sin ayuda, sin justicia, o peor aún, con la posibilidad de no volver a ver a mamá ni a nuestras hermanas, todas coincidimos en que lo mejor es seguir adelante con el plan. Hasta ahora, me alegro de haberlo hecho.

Fue una conversación sombría pero honesta para las chicas; de alguna manera fortaleció y profundizó el vínculo, y su motivación para permanecer juntas y superar lo que les deparara el futuro.

Sofía volvió a centrarse en cada uno de los conductores, coyotes y ganaderos que habían conocido.

«Debo mantenerme fuerte y recordar que trabajan juntos como líderes colaboradores de nuestras vidas, en sincronía para organizar estos viajes con el objetivo de que los pasajeros lleguen sanos y salvos a su destino. Para ellos, es un trabajo, una forma de ganar dinero como todos los demás. Usan celulares y calculan cambios tanto en las rutas como el transporte para facilitar su trabajo y llevarnos sanos y salvos a la frontera...llegaremos».

Sofia trató de convencerse y respiró hondo.

—Nuestro guía se comunica de coyote a coyote, de chofer a chofer, de rancho a rancho— le dijo a Carmen y a Jessica—. Se ayudan mutuamente como eslabones de una cadena de personas, todos conectados de un extremo a otro. Parecen demasiado ocupados como para querer que nos pase algo malo a nosotros, sus clientes. Parece que quieren hacer bien su trabajo».

—Esta es la tercera vez que hago esto —respondió Jessica—. Las dos primeras no llegué muy lejos. Pero he aprendido que actúan como vigías para posibles policías o retenes que puedan estar más adelante. Si ven algo sospechoso al pasar, los conductores avisan al siguiente conductor, así como al anterior. Se comunican inmediatamente si anticipan algún riesgo o algún contratiempo, como un bloqueo o un inusual movimiento, incluyendo Hongos sospechosos.

—Sí, —añadió Carmen—. Nos informan constantemente sobre qué hacer si nos detienen o nos interrogan. Eso es muy útil y tranquilizador.

—La rapidez con la que aparecen y desaparecen los conductores, su comportamiento con nosotros y la interacción con los dueños del rancho me hacen sentir que la comunicación entre ellos es asombrosamente precisa— dijo Sofía—. Deben estar alerta, ser hábiles e inteligentes en cada paso, en cada enlace del camino. Supongo que también están arriesgando *sus* vidas.

Unas horas después de iniciar la siguiente parte de la ruta, uno de los conductores principales de otra camioneta le notificó al conductor de Sofía, que había un retén cerca en la dirección en la que se dirigían. No podrían pasar sin que los detuvieran. Calculó que era muy probable que los detuvieran y le advirtió que no se arriesgara.

El conductor de Sofía dio la vuelta sin dudarlo. Se dirigió hasta un punto cercano, fuera de la autopista, a unos diez minutos. El lugar era como un pequeño bosque en el desierto, donde su camioneta estaba parcialmente oculta entre los árboles circundantes. Permanecieron ocultos en la camioneta durante unos treinta minutos.

Durante ese tiempo, el conductor permitió que los ocho hombres quitaran la lona y se sentaran en la camioneta. Les dijo a las mujeres que se quedaran quietas. Sofía no pudo evitar notar el alivio de los hombres sudorosos y acalorados que podían respirar de nuevo.

«¡Me da tanta pena que tengan que quedarse así tanto tiempo! Estoy muy agradecida de que, aunque yo apenas puedo moverme, al menos estoy sentada y puedo respirar».

Su opinión sobre algunos de los hombres parecía estar cambiando.

El conductor recibió otra advertencia poco después, aconsejándole adentrarse en el desierto, cerca de unos árboles aún más densos, donde el camión podría quedar ahora completamente oculto.

Tres minutos más adelante, Sofía oía el ruido de los coches que pasaban. Sabía que no estaban muy lejos de la carretera principal. El conductor les permitió a todos bajar y caminar un poco. Las mujeres saltaron para despejarse. Sofía vio a los hombres estirarse por todos lados para sentirse 'vivos' de nuevo. Pero, como siempre, el conductor no dejó de advertirles que guardaran silencio.

—¡No se alejen! —exclamó— ¡Pueden descubrirlos en cualquier momento!

La amenaza constante de que algo sucediera afectó a Sofía, consecuencia de la conversación previa que tuvo con Jessica y Carmen. La presión aumentaba.

«Siento que estoy viviendo una pesadilla y desearía que terminara pronto. Ya extraño a mi mamá, a mis hermanos, mi cama y almohada, y lo que solía ser. Sin embargo, mantendré la fe en que todo valdrá la pena cuando lleguemos a casa de nuestra tía, tal como todos nos han prometido».

Eran alrededor de las 7:30 de la noche y estaba muy oscuro. Las estrellas brillaban. La noche en el desierto de Chihuahua era muy fría. Sofía recordó que su maestra había mencionado que el de Chihuahua era el desierto más grande de Norteamérica, que se extendía desde el suroeste de Estados Unidos hasta las tierras altas del centro de México. Pensó en su tío.

«¿Cuánto tiempo estaré en este desierto?», contemplaba.

Sentada al aire libre, se llenó la cabeza de pensamientos sobre la infame araña negra, La Viuda Negra, y los muchos escorpiones que sabía que podían estar por todas partes. Había muchísimos en México. Podría haber linces, pumas o jaguares capaces de lacerar un cráneo con una sola mordida. Se sabía que los coyotes atacaban a la gente. Había serpientes con toxinas dolorosas, como la serpiente de cabeza negra mexicana o la serpiente de cascabel.

«¿Qué pasaría si alguno de los pasajeros fuera mordido? ¿Y qué harían si ni siquiera podían conseguir medicamentos para curar a un bebé enfermo?»

—Todos saben que la iguana diamante occidental se encuentra en casi todos los hábitats del desierto de Chihuahua, junto con las lagartijas del desierto, incluido el monstruo de Gila, así que los guías seguramente deben estar preparados para manejar eso, ¿verdad? —Sofía le susurró a Carmen.

Ambas recordaban haber estudiado sobre esas cosas en ciencias. Sofía sabía que las criaturas vivían bajo las rocas y solo mordían si alguien se acercaba. Ajustó su postura, asegurándose de no sentarse cerca de ninguna roca.

«La serpiente de cascabel sale de noche y sabría dónde estoy sentada mucho antes de que yo supiera que estaba cerca» recordó.

Eso la asustó. Ansiosa y asustada por los animales del desierto que podrían estar acechando.

—Carmen —preguntó Sofía en voz baja—, ¿crees que alguno de los otros pasajeros tenga miedo?

En ese momento, algo despertó el pánico en la pequeña Carmelita. Ella también estaba asustada. Había percibido la tensión de su mamá y Sofía, y eso la asustó. Estaba en un lugar desconocido, y las personas que la rodeaban tenían rostros desconocidos. Se oían todos los ruidos de los animales nocturnos que rondaban cerca. Estaba oscuro y estaba confundida. De repente, soltó un grito fuerte, como hacen los bebés cuando tienen miedo. Sofía corrió a su lado y de inmediato se preguntó si la habrían mordido.

En un instante, los hombres volvieron a enojarse. No les interesaba que la mordieran; solo querían silencio mientras se escondían. Sabían que los atraparían si alguien oía llorar a un bebé en un lugar desconocido. Rodearon a las niñas.

—¡*Callen a esa bebé*! — exigieron furiosos—. ¡Si nos atrapan, será culpa suya!

Carmen empezó a sentirse mareada. El viaje no le había hecho ningún bien en su cuerpo frágil. Ya estaba muy delgada y no había comido. Estaba abrumada por los nervios y la preocupación del viaje, el calor, luego el frío, su bebé enferma...y ahora todos los hombres gritándole. Intentó amamantar a la bebé para calmarla, pero se sentía débil y con náuseas.

Sin previo aviso, se desmayó. Cayó hacia adelante con la bebé en el pecho. Por suerte, Sofía estaba de pie junto a ella. No sabía qué le había pasado a su hermana, pero dejó de pensar en las peligrosas criaturas de la noche y extendió la mano. Sofía abrazó a su hermana y a la bebé mientras Carmen se desmayaba justo encima de ella.

Ni dos minutos después, Carmen abrió los ojos y gimió. Sofía se dio cuenta de lo pequeña que era su hermana. Tenía el cuerpo frío y húmedo. Hacía mucho que ella había comido. No sabía cómo producía suficiente leche para la bebé. Las preocupaciones de Sofía se multiplicaron. Primero Carmelita, y ahora Carmen. Las abrazó fuerte.

«¿Cómo llegaremos a los Estados Unidos?», pensaba.

El mismo hombre que intentó darle a la bebé Carmelita una piruleta dulce se acercó, y le ofreció una a Carmen. Su rostro reflejaba compasión por la pequeña Carmen y su bebé, mientras la abanicaba con su chaqueta.

Para entonces, el gesto les permitió confiar un poco en él, aunque ya habían dicho que no confiarían en nadie. Pero había sido amable y generoso con sus dulces y Tylenol... para Sofía fue reconfortante confiar en alguien más en este viaje, un hombre que quizás podría protegerlas el resto del camino. Después de ese último gesto de bondad, tanto ella como Carmen bajaron la guardia... solo un poco.

Todas las chicas parecían estar más cerca de este hombre mientras charlaba con ellas sobre la historia de cómo su hija y su nieta lograron cruzar la frontera hace unos años.

—Esa bebé Carmelita me recuerda a mi nieta —les contó—. Mi hija huyó de la violencia de pandillas que había en mi pueblo natal, El Salvador. Se han forjado una vida en California. Espero pasar el resto de mis días allí con ellas, sobre todo ahora que soy mayor. Reconoció el valor de estar cerca de la familia, lo cual conmovió profundamente a Sofía.

Esperaron aproximadamente una hora fuera de las carreteras principales antes de continuar. Para entonces, el guía recibió otra llamada telefónica de que no había moros en la costa.

«¿Cuántas veces más habría usado el conductor este mismo lugar para protegerse de los transeúntes? ¿O fue solo suerte que pudiéramos escondernos aquí?»

No perdieron tiempo en poner a los hombres en posición, salir de entre los árboles y regresar a la carretera principal.

El alivio llenó el aire. Sorprendentemente, Sofía se emocionó al volver a la camioneta. Condujeron unas tres horas más sin ningún problema, sin rastro de los retenes ni de Los Hongos. Estaba segura de que los habrían detenido antes si hubieran seguido adelante. Pero por ahora, la carretera estaba libre de retenes y nadie fue mordido.

«Capítulo 8»

Una llamada caída

P. Si tu teléfono celular se desconecta de repente, ¿qué crees que podría haber pasado?
R. Depende del tema de la conversación.

Ya era tarde en la noche. La camioneta se detuvo frente a otra casa, estilo rancho. A todos se les indicó que entraran en una habitación grande junto a la entrada principal. El conductor les explicó que dormirían allí hasta la madrugada, cuando emprenderían la parte más larga y difícil del viaje. Como de costumbre, ya a nadie le sorprendió que no hubiera colchones, almohadas ni mantas.

Sofía pudo ver la paz en los rostros de los viajeros al mirar a su alrededor. Las emociones se aquietaban mientras contemplaban la posibilidad de dormir un rato tranquilos. Podía ver que todos comprendían; aunque se encontraban en un desierto de noche, lejos de sus hogares, por ahora estaban a salvo de retenes y de la posibilidad de ser enviados de regreso a casa. Estarían protegidos del peligro y de Los Hongos, hasta nuevo aviso, al menos por un tiempo.

—Qué agradable cambio de espacio para los hombres que estuvieron todo el tiempo bajo la lona en la parte trasera de una camioneta —le dijo Sofía a Carmen—. Al menos pueden estirarse en el suelo de este rancho.

—Lo sé —afirmó—. Debió ser brutal para ellos. Pero vamos a sentarnos en el rincón de allá, lejos de la entrada. No quiero estar cerca de ninguno de los hombres.

Dejó su bolso para marcar su territorio en la habitación. Solo tenían las chamarras, una chaqueta tipo sudadera, que trajeron.

—Me alegra mucho que tengamos la manta de bebé; no es mucho, pero le sirve de consuelo a Carmelita.

Una vez que todos se instalaron en su lugar en la habitación designada del rancho, Sofía y Carmen estaban ansiosas por contactar a su madre y contarle cómo estaban. Por fin no se encontraban en un camión ni en una situación incómoda, y podrán llamar a casa y comunicarse con su madre con calma. Jessica, su bebé y las ecuatorianas se quedaron cerca. Las mujeres rápidamente se convirtieron en zonas de seguridad unas para otras.

Las llamadas de larga distancia a celulares eran bien caras, y agradecieron haber añadido minutos de 'prepago' antes de partir. Decidieron que sería prudente llamar primero a su tía Martina, a Nueva York, para contarle lo que estaba pasando.

Fue una llamada incómoda porque nunca antes habían hablado con ella; solo su madre lo había hecho en contadas ocasiones por el costo entre otras razones. Hablaron lo justo para contarle cuántos días les quedaban de viaje aproximadamente y su cálculo de la fecha de llegada a la frontera. El resto de la conversación estuvo dominada por la advertencia de su tía...

—¡*No hables* con inmigración ni les cuentes ningún detalle, —dijo tía Martina— ni siquiera los de la bebé Carmelita! ¿*Te imaginas*? ¡Me da *miedo* lo que pueda pasar cuando Gunner se entere! ¡Te recuerdo que existen las Alertas Amber en Guatemala, y que Gunner no dudaría en acusar a Carmen de secuestro!

La tía Martina no parecía nada contenta. Su tono era claro: *no* quería ser parte de eso.

Las voces de los viajeros se hicieron más fuertes a medida que se relajaban. Los demás del grupo también debieron darse cuenta de que era el momento perfecto para contactarse con sus familias. Se oían muchas conversaciones por toda la sala.

Sofía escuchaba. Así es como ella y Carmen aprovecharon la parada para llamar a casa, los demás también lo hicieron. Observó que todos parecían emocionados y esperanzados al hablar con sus seres queridos. Había una vibra especial en el aire: todos estaban juntos, desconocidos o no, juntos, no tenían miedo.

Al terminar de hablar con tía Martina, las niñas estaban deseando llamar a su madre. En voz muy baja, se turnaron para explicarle a Betina todo lo que habían vivido hasta el momento. Sus hermanos mayores, que estaban allí por casualidad, se acercaron al teléfono solo para escucharlas.

—¡Cómo están! —exclamó Betina—¿Cómo está la bebé? ¡Las extraño muchísimo, chicas!

Betina estaba emocionadísima al recibir la llamada. Intentó aparentar calma mientras contenía las lágrimas.

—¡No nos ha pasado nada y Carmelita está mucho mejor! —respondió Carmen—. Pudimos comprar huevos para comer. Estuvimos a punto de que nos detuvieran.

—¡Carmen se desmayó, pero la sostuve! —soltó Sofía—. Un señor mayor muy amable nos dio dulces.

Estaban tan contentas de hablar con su mamá y sus hermanas. Aunque no le hizo ninguna gracia que la bebé se hubiera enfermado, se sintieron aliviados de casi las detuvieran.

—Me alegra mucho que estén bien y a salvo —respondió Betina—. ¿En qué parte de México están ahora?

—No tenemos ni idea de dónde estamos —dijo Carmen—. Acabamos de llegar a un rancho y todo el mundo está haciendo llamadas a sus familias. Estaremos aquí esta noche. Conocimos a algunas mujeres que también viajan con bebés, así que nos mantenemos juntas. Menos mal que Sofía está conmigo. No podría haberlo hecho sin ella.

—Gunner no ha venido tan a menudo como antes, así que probablemente esté tramando algo —les avisó Betina—. No estamos seguros, pero por lo menos, ahora él no puede llegar a ti ni a la bebé. Tu localización está segura conmigo. ¡Me alegra tanto que ya estés a medio camino! Y dime, ¿quién es ese señor mayor que tuvo la amabilidad de compartir sus dulces?

El tiempo pasó volando. Hablaron durante casi una hora. De repente, oyeron un *clic* y el teléfono se apagó. Sofía se quedó boquiabierta, presa del pánico.

—¡Nos cortaron la llamada! —exclamó Sofía— ¡Ya se nos acabaron los minutos! ¡Hay tanto que decir! ¡Mamá no va a saber *por qué* nos cortaron la llamada! *Ella nunca* asumirá que solo nos quedamos sin minutos... ¡seguramente mamá pensará lo peor!

—¡Ni me di cuenta de que se acababan los minutos! — chilló Carmen, también presa del pánico— ¡No tuvimos tiempo de explicarlo!

¡No lo sabíamos! ¡Conociendo a mamá, sí! Va a temer lo peor, ya que se preocupa tanto por nosotras. ¿Y ahora qué vamos a hacer?

Sofía estuvo de acuerdo en que su mamá se angustiaría innecesariamente de que algo malo les pasara por haber sido desconectadas tan abruptamente. Ella y Carmen comenzaron a planear dónde y cómo podrían comprar más minutos.

—Por pura suerte, llamamos a nuestra tía antes de que se acabaran los minutos, así que al menos la tía Martina estará tranquila de que vamos —negó con la cabeza Sofía—. Hicimos lo correcto.

Aunque estaban desconectadas, las chicas sintieron cierto alivio al poder comunicarse con su familia en Guatemala. Fue una sensación agradable escuchar sus voces. Carmen y Sofía sabían en el fondo de su corazón que ninguna de las dos habría podido hacer este viaje sola. Con más confianza, Sofía se acostó y cerró los ojos, creyendo firmemente que todo estaría bien por primera vez desde que comenzó su viaje.

Se acurrucaron muy juntas. Era evidente que Carmelita se había vuelto más atenta a todo lo que sucedía a su alrededor. Miró a la gente que la rodeaba en el piso y recordó que esa no era su rutina anterior a la hora de acostarse. Se aferró a su pequeña manta, lo que la ayudó a relajarse, hasta que ella también empezó a dormir plácidamente.

De vez en cuando, emitía un leve sonido de tos. Al oírla toser, algunos hombres se levantaban de un salto o movían los brazos y piernas como si estuvieran a punto de correr. Pero con la misma rapidez, volvían a acomodarse en el lugar designado en el piso. Por fin, pudieron descansar.

Por la mañana, Sofía no tardó mucho en notar que el último 'guía', 'coyote', 'conductor', 'quienquiera que fuese', era muy diferente a los demás. Estaba mucho más calmado que el conductor que los había dejado la noche anterior. Observó sus gestos.

—Hay algo diferente en este guía —comentó—. Se nota en cómo maneja las conversaciones con nosotros. Habla la Palabra de Dios. Tengo un buen presentimiento sobre él. Estoy convencida de que Dios lo ha enviado para guiarnos sanos y salvos a nuestro destino. Espero que sea el *último* coyote que tengamos que encontrar.

—Sí, parece cristiano —río Carmen entre dientes... añadiendo —, y ya sabes, ser cristiano significa compartir la fe de los apóstoles, así que probablemente conoce a nuestro santo patrón de Guatemala, Santiago Apóstol. Hay varias historias de coyotes religiosos que son buenas personas, compasivas y humanas, dispuestas a ayudar a los necesitados. Quizás tuvimos suerte y él es uno de ellos.

Se llamaba Miguel. Era joven, amable y se presentaba con amabilidad al grupo. Captaba su atención con gentileza. Al pensar en los otros coyotes, Sofía notó que era la primera vez que uno interactuaba con los pasajeros o compartía la misma habitación con su carga. Los demás eran muy reservados. Desaparecían en un instante y apenas conversaban. Esos hombres solo ofrecían lo necesario. Esta percepción de Miguel le trajo tranquilidad.

La señora del rancho entró en la habitación y les dio comida gratis: huevos, frijoles y tortillas. Esta vez, todo estaba bien cocido y olía delicioso, como en casa. La señora no intentaba ser amable con los viajeros, aunque tampoco les gritó de forma despectiva como en otras paradas. Se mostró indiferente una vez que les entregó la comida.

—Aquí tienen su comida —les dijo a todos con naturalidad—. No es mucha, pero es nutritiva. Allá pueden ducharse, y allá... más allá de ese edificio, pueden caminar. Pero no se desvíen.

Eso fue todo. Luego desapareció. Sofía comparó los ranchos.

«¿Por qué algunos ganaderos preparan comida pésima y ofrecen servicios miserables con un costo adicional, mientras que otros, como esta señora, nos dan cosas gratis? Esta vez la comida llegó casi con un toque de amabilidad. Las cosas están mejorando» pensó con una sonrisa.

Después de comer, las chicas estaban ansiosas por hacer fila para ducharse. Las animaron a ir primero por Carmelita... otra regla que se hizo evidente. Había cuatro duchas al aire libre, todas seguidas. Y agua fría, muy fría, otra vez. Pero sabían que el agua fría era mejor que nada. Sofía tuvo que convencerse de que el agua de este rancho las revitalizaría lo suficiente para seguir adelante. Rezó en la ducha y habló a cada una de sus células, órganos y músculos.

«Por favor, acepta esta agua fría para que pueda mantenerme sana y en forma para el viaje, porque mi hermana y mi sobrina me necesitan, y mi madre depende de mí».

Cuando terminó, fue el turno de Carmen y Carmelita. Sofía se quedó vigilante fuera de la puerta de la ducha para que ningún hombre se acercara, y Carmen pudo bañar a la bebé sin problemas.

—¡Caramba! —dijo—. Espero que esta agua fría no le empeore la tos.

La pequeña Carmelita no toleraba mucho el agua fría, pero de alguna manera, comprendió que se refrescaría enseguida y que después habría tranquilidad.

En este rancho, pasaban todo el día y probablemente hasta bien entrada la noche. Nunca sabían cuándo recibirían la siguiente instrucción; solo que podía llegar en cualquier momento. Necesitaban estar preparados y alertas, esperando partir en cualquier momento.

Mientras Sofía observaba y reflexionaba sobre las actividades de los demás, no pudo evitar notar la amabilidad que se sentó a su alrededor. Las ecuatorianas, Sheila y Abrielle, bromeaban, reían y dormían cerca de ellos. No tenían absolutamente nada que hacer.

—Definitivamente hay algo diferente en esta parada—le dijo a Carmen—. Parece que hay gente de buen corazón trabajando en ella, porque todo nos va muy bien. La gente sonríe. ¿Será porque nos estamos acercando?

—Esta vez, —respondió Carmen— la gente aquí parece más humana, más compasiva con todo lo que hacen por los viajeros. Yo también lo noto, y eso se siente muy bien.

Detrás del edificio principal, Sofía observaba algo diferente en este rancho. Había muchas vacas deambulando por el terreno.

—Carmen, —ella anotó—¿no te parece irónico que los animales tengan la libertad de hacer lo contrario de los migrantes?

Señaló hacia el otro lado, donde había un jardín interesante. El calor seco y el sol intenso producían docenas de minúsculas... flores de cactus, salvia, yuca y sauce, que para ellos constituían una vista que lo abarcaba todo.

«El sol y la luna brillan por igual para todos, sin importar dónde estén ni quiénes sean» pensó para sí misma.

—Me gusta este lugar —comentó Carmen—. Para tener un jardín así, debe haber gente cariñosa y de buen corazón viviendo aquí. Quizás cultivemos un jardín como este cuando lleguemos a Estados Unidos. ¿Crees que nuestra tía tenga uno?

Sofía se encogió de hombros. Estaba pensando en sus días en la escuela. Pensó en la geografía que aprendió en casa.

«Gran parte del paisaje que rodea este rancho probablemente se formó por la intrusión volcánica de las montañas vecinas; muy diferente al paisaje al que estábamos acostumbrados en San Marcos».

Se imaginó el magma ascendiendo y subiendo por debajo de las capas existentes, creando montículos que luego se erosionarían en magníficas formaciones.

«Esto es lo que permite que esta increíble flora y agricultura crezca aquí. Muy interesante. Me pregunto cómo será el paisaje por donde vamos... ¿Habrá montañas volcánicas allí? Ojalá esto no sea como el dicho *la calma antes de la tormenta*».

Orgullosa de sí misma por recordar datos geográficos, reconoció las caléndulas del desierto, los cactus barril, la culebra y las amapolas mexicanas de las imágenes de su libro de texto de ciencias. Su miedo a los animales del desierto, tal como los encontró en el último lugar, parecía haber disminuido con la paz que sentía allí.

Sofía se consideraba inteligente y observadora. Se preocupaba por su educación y su entorno. No encajaba en el estereotipo de adolescente ignorante o negligente con el aprendizaje. Pero pronto, sus pensamientos la llevaron de vuelta a la situación actual en el rancho. Tenía que seguir las reglas y mantenerse alerta.

«Habrá mucho tiempo para soñar más tarde, cuando lleguemos a casa de nuestra tía. ¡Aprenderé inglés y mucha más geografía allí!»

Las niñas jugaban a la pelota con una piedrita que encontraron en el suelo cerca del jardín. Mantenían la distancia entre sí mientras Carmelita jugaba con Gabriel, el hijito de Jessica, de tres años. Dicen que los niños son resilientes, y Carmelita se sentía más tranquila. Había amamantado y jugado, casi como antes. A Carmen le preocupaba que los pañales le irritaran el trasero, y si no le conseguían pronto una loción calmante, tendría otra razón para llorar.

Sofía notó cuánto adelgazó su hermana en tan solo unos días. «Espero que mi hermana se mantenga fuerte para mantenerse sana y que la bebé esté satisfecho el resto del viaje.»

Aunque la temperatura del día se volvió agobiante y calurosa, el tiempo al aire libre bajo la luz del día refrescó y calmó sus preocupaciones. Pudieron moverse y disfrutar de la naturaleza circundante, ahora que habían recorrido la mitad del viaje.

Inevitablemente, Gabriel se resfrió con Carmelita. Le tocó a Gabriel tener fiebre y una tos terrible e incesante. La buena noticia era que lloraba menos y no molestaba tanto a los hombres como Carmelita. Y como los demás no querían contagiarse, se mantuvieron a distancia.

«Capítulo 9»

La despedida final

P. ¿Cuál es el juego de palabras en el significado del proverbio guatemalteco, *Salir de Guatemala y entrar en Guatepeor?* (*¿De la sartén al fuego?*)

R. El proverbio literalmente dice que las cosas van de mal en peor. El juego de palabras proviene del nombre 'Guate *mal*', donde *'mal'* significa malo, y 'guate *peor*', donde *'peor'* significa peor.

A medida que avanzaba el día, seguían sintiéndose relativamente normales y relajados. De alguna manera, había mucha menos tensión entre los viajeros. La gente se acercaba más, intercambiaban miradas con más frecuencia, incluso una sonrisa o dos. Al menos, todos parecían sentirse seguros y a gusto ese día.

Este último guía, Miguel, pasó el día merodeando con ellos. Era mexicano. Con naturalidad y sin prisa, Miguel se acercó a cada uno de los viajeros y les preguntó cómo estaban y qué tal les había ido con el viaje. Incluso hubo algunas risas en medio de la charla.

«¿Por qué querría ayudar a otros a pasar sanos y salvos por su propio país? En comparación con los otros coyotes, es un guía inusual. Probablemente le paguen mucho por esto, pero... no parece que lo haga por dinero», pensó Sofía.

—Esta es la primera vez que oigo una carcajada en una semana— comentó a Carmen—.

La aprensión por lo que les pudiera esperar disminuyó con la calma que Miguel parecía extenderse entre los viajeros. Mientras las chicas lo observaban, no tardaron en creer que no tenía motivos ocultos. Al contrario, parecía sinceramente querer conocerlas a todas. Había sido el único que les dio una verdadera esperanza para el futuro.

A las 6:00 p.m., reunió al grupo. Sofía y Carmen acababan de regresar del baño y dejaron sus pertenecías ordenadas en su lugarcito del piso. Con la esperanza de conseguir más minutos de celular, Carmen recordó cargar su teléfono. Quería tenerlo listo en cuanto tuvieran oportunidad de comprar. Salieron corriendo con el resto del grupo y se quedaron tranquilas junto a las otras mujeres: Jessica, Sheila y Abrielle.

—Buena suerte —les deseó Miguel—. Les deseo a todos la buena suerte del mundo. Espero que llegues donde quieres estar, que todo salga bien, y que no te olvides de tu familia en casa si consigues salir adelante.

Habló a su 'congregación' como si fuera un pastor. Procedió a compartir la palabra de Dios mientras que sacaba su Biblia de tapa blanda. Con su manera gentil y sin prisa, leyó varios pasajes. Sofía y Carmen estaban de pie, apoyadas una a la otra, mientras la pequeña Carmelita descansaba en la cadera de Carmen y otras personas se sentaban delante de él en el suelo.

—Este coyote debe sentir que su misión es atender a los migrantes —comentó Carmen—. Es empático y trata de tranquilizar a todos.

Parece que quiere conocernos como seres humanos, no como inmigrantes ilegales o indocumentados.

—¡Sí! —asintió Sofía—. Me gusta que parezca que Dios mismo lo ha ordenado para recordarnos a nosotras que tenemos esperanza de una vida mejor en Norteamérica.

—Está describiendo una idea preconcebida sobre el mal que muchos creen que cometemos, cuando solo intentamos escapar de nuestra vida infernal en nuestro país natal ——asintió Abrielle—. Él reconoce que necesitamos por los menos un nuevo comienzo a salvo de los males que hemos vivido.

«Es cierto. Quizás él también haya sufrido violencia en su vida. Pero probablemente haya una manera mejor, o una manera correcta, de hacer las cosas. En cualquier caso, este viaje es lo que mi madre, mis hermanas y Carmen quieren, así que me parece bien», pensó Sofía, mientras se guardó su opinión.

En lo que se convirtió en un sermón a la gente, Sofía se dio cuenta de que pronto el grupo se separaría. Miguel les explicó la etapa siguiente del viaje para cada uno de sus destinos. Dedujo por lo que había observado hasta el momento, que probablemente algunos pagarían más dinero que otros, porque algunos partirían a pie por el desierto, y otros tomarían la ruta principal en un autobús turístico para llegar a la frontera.

—En fin, se acabaron las furgonetas y los camiones—sonrió—. ¡Haremos el viaje de tres días en autobús!

—El autobús —explicó Miguel—, será del tamaño de un autobús turístico conocido en Norteamérica como 'Greyhound'. Tendrá un baño a bordo para su comodidad. Tenga en cuenta que el tipo y tamaño del autobús turístico que tomarán está dedicado exclusivamente a turistas mexicanos, personas que prefieren viajar dentro de las fronteras mexicanas. Eso es bueno para ustedes, ya que la probabilidad de ser atrapado disminuye considerablemente.

—Carmen —preguntó Sofía—. ¿Crees que los choferes de los autobuses turísticos también están involucrados en el tráfico? ¿Acaso los coyotes les pagarían para que se callaran? ¡Qué enorme será el autobús! ¡Me pregunto cuántos turistas *de verdad* lo llenarán!

—Pensaba lo mismo —sonrió Carmen—. ¡Guau! Esto sí que va a ser espacioso.

—La razón por la que necesitan usar un gran autobús turístico es que, si vamos en cualquier tipo de vehículo y atrapan al coyote, significaría muchos años de prisión para él —agregó Jessica.

—El autobús que pasará por aquí en unas pocas horas suele llevar turistas mexicanos de la Ciudad de México a Guadalajara —continuó Miguel—. Además, está muy cerca de la frontera. Para quienes toman el autobús, pasará por la carretera exactamente a las 11:00 p.m. de esta noche. *Estén atentos...* el rancho donde se hospedarán está *exactamente a* tres minutos de donde pasa, justo el tiempo suficiente para recoger a cualquiera que se encuentre allí. Además, podría haber un coyote disfrazado a bordo. Rara vez se dejan ver a menos que algo salga mal. Los coyotes disfrazados evitan llevar identificación y suelen usar apodos. Si los detienen, se harán pasar por migrantes como ustedes. Sin embargo, conocen muy bien las operaciones fronterizas. Entienden los horarios de los turnos y las estaciones de los agentes fronterizos. Entienden cómo funciona la vigilancia aérea, están al día con las tecnologías que utiliza la patrulla fronteriza y monitorean todo lo que se mueve.

Pausó.

Tengan cuidado como perros guardianes, presten atención y no dejes de vigilarlo mientras pasa—exhortó—. Pasará *muy* despacio, y deben hacerle señas, correr y alcanzarlo. Si pierden el autobús, lamentablemente, te quedarás solo. Perderán la oportunidad de que te guíen más y tendrás que encontrar tu propio camino a casa.

Al oír eso, Sofía se sentó derechito con los ojos bien abiertos.

«Si eso pasa, seguro que estaremos perdidas. Tal como nos advirtió mamá».

—Quienes tomen el autobús, abordarán y viajarán como turistas mexicanos hasta llegar a Nogales— continuó. Son tres días de viaje hasta la frontera. Ahí se bajarán.

Sofía y Carmen se miraron emocionadas mientras asimilaban la información. Estaban ansiosas por seguir adelante.

Pero luego... les dio la parte confusa a los migrantes.

—Habrá un taxi *amarillo* esperando a unos 20 metros de donde el autobús los dejará en Nogales— agregó Miguel—. *No* tomen el taxi rosa ni se suban a ninguna camioneta blanca. El taxi amarillo estará frente a una casa blanca. Te llevará a un hotel.

Las chicas estaban abrumadas. Tantos colores. Entre las dos, esperaban no mezclarlos. Sofía visualizó la escena.

—¿Te lo imaginas? —Sofía preguntó—. ¿Y si hubiera un taxi blanco con una casa amarilla o un taxi amarillo con un hotel blanco?

—¡No! ¡No! — advirtió Carmen—. No podemos permitir que eso pase. Mantente concentrado.

Sofía no iba a permitir que hubiera confusiones.

—Ya lo solucionaremos —le aseguró a su hermana—. Parece fácil. Claro que no será un hotel grande, pero espero que sea mejor que de los ranchos viejos de una sola habitación, donde todos pelean por su espacio en el piso. ¡Quizás incluso haya almohadas y mantas!

—Una vez en el hotel —continuó Miguel—, el coyote se comunicará con el coyote principal, quien contactará a la persona que tiene la otra mitad de su dinero. Él se encargará del último pago.

—Vamos a esperar que una llamada de ese coyote alivie cualquier preocupación que tenga mamá sobre nuestra seguridad por la llamada anterior que se cortó— coincidió Carmen—. Cuando el coyote principal llame a nuestra madre para pedirle el resto del dinero, mamá asumirá que, si hemos llegado hasta aquí, entonces estamos bien. ¡Qué alivio!

—De ahora en adelante, estos próximos puntos determinarán si lo logran o no—advirtió—. *Tengan mucho cuidado*, porque pasarán por muchos retenes.

Sofía empezó a sudar. Las palabras de Miguel fueron críticas. Miró a Carmen y luego a Miguel. No se atrevió a perderse ni una palabra.

—Cuando los detengan ...*y lo harán*... les harán muchas preguntas, como ¿*A dónde vas?* y ¿*De dónde vienes?* Les pedirán su identificación mexicana, así que *ténganla siempre a mano. A memorizar* su nombre y la información que aparece. *Aprendan* a pronunciar cada palabra correctamente.

Su discurso fue crucial y firme, especialmente al enfatizar la identificación.

—Asegúrense de tenerlo —dijo con un tono serio—. ¡Que todos lo *revisen* ahora mismo! Asegúrense de guardarlo en un lugar fácilmente *accesible* de su cuerpo. No queremos errores.

Hizo una pausa y demostró.

—Te mirarán fijamente a los ojos —Miguel habló despacio al grupo—. Están entrenados para establecer contacto visual. Te observarán de arriba abajo para detectar el más mínimo tic nervioso, así que mantén la calma.

Tras otra pausa un poco más larga, Miguel miró a cada uno de los migrantes.

—Si te muestras nervioso, sabrán de inmediato que eres un migrante que pasa por su país —declaró—. No lo dudarán ni un segundo y no perderán el tiempo haciendo más preguntas para confirmar si es cierto o no. Te llevarán a su sede y te deportarán en cuestión de horas. *No...* No les importan tus problemas ni tus razones para ir a Estados Unidos. Su trabajo es encontrarte y despacharte. Solo quieren que te *vayas* de su país.

Todos los viajeros quedaron boquiabiertos al unísono. Hubo un silencio total. Nadie quería que los enviaran de vuelta. Carmen articuló la palabra "Gunner" mientras ella y Sofía se miraban y luego a Carmelita. Habían viajado demasiado lejos. Después llegó su mejor consejo.

—Intentarán engañarte con la semántica —les informó—. Mezclarán palabras para ver si pueden atraparte. Por ejemplo, preguntarán: *¿De qué estado vienes?* Si los retenes te oyen responder con palabras de un dialecto diferente al que ellos hablan, no tendrás ninguna posibilidad de sobrevivir.

Sofía sabía a qué se refería. El primer coyote lo cubrió. Sintió que ganaba un poco más de confianza.

—Todos, si aún no lo han hecho, empiecen a memorizar los detalles y a ser cautelosos —suplicó—. *Necesitan* practicar hablar con el dialecto mexicano...no puedo enfatizar lo suficiente y sobre todo, practiquen mantener la calma.

Sus instrucciones duraron unas dos horas. Sofía ya practicó estas cosas varias veces. Quedó impresionada con los conocimientos de

Miguel y su capacidad para expresar lo necesario para que cada viajero lo oyera y comprendiera. Fue paciente. Nadie le hizo preguntas.

«Nadie se atreve a hablar en voz alta por miedo a reconocer lo que realmente estamos haciendo», murmuró.

—Ojalá todos los coyotes fueran tan comprensivos y comunicativos como él — suspiró Carmen—. Nos habla y nos mira como si fuéramos humanos. Creo que de verdad le importa lo que nos pase a cada uno. Creo que quiere que todos tengamos éxito, pase lo que pase. Él puede ver y le preocupa que algunos viajemos con bebés. ¿Qué crees que lo hace diferente?

Sofía procesó todo lo que habían vivido hasta entonces.

—No sé — respondió—. ¿Será porque leyó las Escrituras? Lo que quiero saber es cuántos migrantes creen que tuvieron éxito en esta misma ruta antes. ¿Cuántas otras veces predicó Miguel a migrantes y refugiados? Me parece lógico que el comportamiento de cada coyote se refleje en todo lo que debieron haber visto y logrado a lo largo del tiempo. Supongo que tuvimos suerte.

A las 8:00 p.m. terminaron las instrucciones y comenzaron las oraciones. Miguel se propuso rodearlos y orar por cada uno. Oró por los presentes, por los que ya habían llegado a Estados Unidos y por los que aún no habían cruzado. Al mirar a su alrededor, Sofía vio a todos llorando o sollozando suavemente. Fue un momento muy emotivo. Uno por uno, Miguel oró por ellos y le dio a cada uno un abrazo especial y sincero.

Carmelita se aferraba firmemente al regazo de Carmen. Miguel se agachó y también abrazó a la pequeña Carmelita. Aún quedaba algo de sol en el cielo, pero Sofía sabía que no duraría mucho. Se puso nerviosa al mirar a lo lejos.

«En *tres minutos*».

Al caer la noche, empezó a hacer frío. Sofía no quería perder de vista la parada del autobús. Carmelita empezó a lloriquear con su suave y molesta voz de bebé. Era casi su hora de dormir, y se acurrucó junto a Carmen aún en su regazo, con la esperanza de entrar en calor.

Tras las advertencias y las oraciones, Miguel recorrió al grupo de nuevo, uno por uno, prestándoles atención individual. Comprendió que cada uno tenía sus propias circunstancias y razones para querer dejar su país. Sabía que muchos no estarían familiarizados con lo que les espera una vez que lleguen a su destino. Les ofreció consejos y sugerencias personales, describiendo lo que podrían enfrentar en Estados Unidos una vez que lo lograran.

Cuando llegó el turno de Sofía y Carmen, Miguel las miró directamente a los ojos.

—Lo que probablemente encuentren en casa de su tía Martina no siempre estará lleno de las oportunidades que les han contado. Necesitan estar mentalmente preparadas porque la vida va a ser dura... incluso *podría* ser peor.

«*¿Qué?*»

¡Sofía se quedó pasmada! Era la primera vez que oía algo así. Estaba atónita.

«*¿Peor?* »

Su mente intentaba comprender lo que decía. Sabía que al principio tendría algunas barreras lingüísticas, pero nunca imaginó que podría empeorar.

«*¿Peor? ¿Cómo? ¿Por qué?*», rumió.

¡Jamás se le pasó por la cabeza! Cuando su madre le pidió que dejara su país para acompañar a su hermana y a la bebé, liberarse de la violencia doméstica y una vida mejor, sabía que era arriesgado, pero nunca contempló algo peor.

Las palabras de Miguel la estremecieron. Abrió bien los ojos.

«¿Acaso todos recibieron el mismo mensaje?»

Sintió un escalofrío. Hasta ese momento, asumió lo que todos creían: que Estados Unidos era la tierra de la riqueza y las oportunidades. Estaba segura... se había convencido de que con el tiempo todo iría bien. Las palabras de Miguel la dejaron pasmada. Nunca se le había pasado por la cabeza que huir de una vida peligrosa pudiera ser más difícil que la que ella y su hermana dejaron atrás.

«Debe haber algún error».

«Capítulo 10»

¡Cambio repentino de planes!

P. ¿Qué tan rápido puedes correr en tres minutos?
R. Lo que sea necesario...si es necesario.

Mientras Miguel continuaba aconsejando, orando, y compartiendo de corazón todo lo que sabía con los viajeros, ya eran las 10:00 p.m. Eran al menos quince, y él necesitaba un tiempo precioso con cada uno. Justo entonces, sonó su celular. Con cara de preocupación, se dirigió a un cactus cercano y contestó la llamada.

Los planes cambiaron. Se enteró de que el autobús turístico iba adelantado y pasaría por el punto designado en *exactamente* tres minutos. En un instante, Miguel gritó a los viajeros.

—¡Tienen que correr a la parada de autobús y subirse, *ya*! —exclamó.

Echó un vistazo rápido a los viajeros y repitió su mensaje urgente.

—¡Tienen *exactamente tres minutos* para tomar el autobús! ¡Vayan *lo* más rápido posible! —gritó esta vez con más seriedad y fuerza.

Sofía y Carmen corrieron a toda velocidad de vuelta a la habitación para recoger sus pocas pertenencias. Carmelita se balanceaba en la cadera de Carmen. Estaba muy confundida. Todos corrieron como locos a la habitación y se apresuraron como maniacos a conseguir lo que poseían.

—¡Ay, no! —calculó Sofía en voz alta mientras corría—. ¡Tres minutos es lo que tardaré en llegar de este rancho a la parada del autobús, y ya viene de camino!

Entraron corriendo a la habitación y vieron sus cosas. Sofía se echó rápidamente la mantita al hombro, agarró su bolso y su sudadera.

—¡Dense prisa! ¡Dense prisa! —Miguel les gritaba desde afuera.

Carmen abrazó a Carmelita con fuerza.

—¡No olvides la mochilita de Carmelita y coge los pañales! —Sofía le gritó a Carmen.

No había tiempo para pensar. Sofía era más ordenada y rápida que Carmen, quien estaba un poco mareada; mientras intentaba procesar lo que estaba sucediendo le costaba moverse con su bebé. En un instante, Carmen, vio que Sofía ya había recogido sus cosas.

—Llévate a la bebé y vete...vete tú con la bebé! —le gritó a Sofía.

Sin dudarlo, Sofía le arrebató la bebé a Carmen y salió por la puerta hacia la parada del autobús. Estaba completamente oscuro y era difícil ver, pero de alguna manera, cada célula de su cuerpo presentía que estaba a solo tres minutos... quizás dos.

«Ve despacio, muy, muy despacio», Sofía se decía a sí misma, como a cámara lenta. Necesitaba darle tiempo a su hermana para que la alcanzara. Pero sus pies no la escuchaban. Sofía entró en pánico, sus emociones la dominaban.

«¿Qué haré con la bebé de mi hermana si llego al autobús y Carmen no viene detrás?»

Tropezando, Sofía dejó escapar un gemido y rompió a llorar. Y cuando las lágrimas de Sofía empezaron a caer, Carmelita también lloró. Ella se sobresaltó y confundió al ver que de repente estaba en la cadera de su tía Sofía. No le gustaba ver a su madre abandonada. Sofía se recompuso lo mejor que pudo para no asustar más a su sobrina. Lloró en silencio, sin saber si su hermana llegaría a tiempo.

«¡Ve! ¡Ve! ¡Ve!», oyó a su madre decirle.

Todos a su alrededor tropezaban y caían porque el camino desde el rancho hasta la parada del autobús estaba lleno de piedras, cactus y terreno irregular. La noche era negra y sin luna. Sofía no podía ver si su hermana venía. No había tiempo para mirar atrás y comprobarlo. En cambio, corrió tan rápido como pudo con Carmelita a cuestas.

«Espero que esté detrás de mí... Por favor, Dios... deja que mi hermana me acompañe en este autobús», suplicó en la oscuridad.

Al llegar al autobús, se agarró a la manija de la puerta con un brazo libre y se incorporó hasta el primer escalón, casi tropezando al subir. Sus lágrimas eran difíciles de notar entre el aire frío, la carrera y el sudor. Intentó mantener la calma y caminó tranquilamente por el pasillo hasta la parte trasera del autobús. Cuando ella y Carmelita se desplomaron en el asiento, cerró los ojos con fuerza, con miedo y aprensión. No quería ver quién más había logrado llegar.

Mientras recuperaba el aliento, abrió los ojos lentamente. Solo entonces se dio cuenta de que todos los demás la habían pasado en la carrera para alcanzar el autobús. Todos... menos su hermana. Sofía miró a su alrededor, contó y vio que los demás ya estaban sentados en el autobús. Frenética, se levantó y miró por la ventana más cercana. Descubrió que la figura era Carmen corriendo a toda velocidad. Sofía se quedó congelada en el tiempo. Como a cámara lenta, el conductor movió la mano sobre la palanca, un interruptor que presiona los pistones...que estaban a punto de cerrar la puerta.

Carmen también vio la palanca. Corrió aún más rápido. Se agarró al poste de la puerta y se subió. La pequeña Carmen saltó tan alto y con tanta fuerza, que se saltó dos pasos y tumbó el mini cubo de basura junto al asiento del conductor del autobús, pero... lo logró.

Fueron los últimos en subir. Todos los demás migrantes los habían rebasado en esa milagrosa carrera de tres minutos desde el rancho. Sofía, que siempre vigilaba atentamente quién viajaba con ellos, contaba las cabezas una y otra vez. Para su asombro, todos los que debían subir al autobús lo lograron.

De inmediato, Carmen escaneó el autobús para su hija, y la vio sentada en la parte trasera con Sofía. Al cerrar las puertas corrió por el largo pasillo, hasta que ella también se desplomó en el asiento y respiró con dificultad.

El autobús tenía algo de luz, pero en general estaba oscuro. Las hermanas no tardaron en acomodarse en los asientos traseros. A Sofía le gustó la idea de que su nuevo hogar durante los próximos días fuera un autobús grande con una mezcla de turistas de verdad. Sonrió contenta e hizo las paces consigo misma.

«Al menos ya no entraremos y saldremos de ranchos...al menos eso espero».

Todavía recuperando el aliento, se miraron al mismo tiempo y comprendieron lo que acababa de pasar, y lo que podría haber pasado. Se quedaron quietas, mirándose fijamente por un momento, y luego se abrazaron. Por mucho que lo intentaron, no pudieron contener las lágrimas frente a la bebé. No hicieron falta palabras. Sus ojos lo decían todo: ¡Casi... pierdo... el... autobús! Sofía abrazó a su hermana con fuerza mientras recordaba lo cerca que estuvieron de perder la conexión. Pero se negó a permitir que la idea de estar separadas volviera a asaltarla.

De repente, a Carmen se le ocurrió buscar su celular. Sofía la vio alcanzar su bolso, luego buscar el bolso de Carmelita y luego hurgar en los bolsillos de sus pantalones. Ella sabía lo que eso significaba.

—¡Dejé el teléfono! —Carmen gritó en voz baja.

Sofía recordó haberla visto enchufar el teléfono a la pared para cargarlo mientras recibían las últimas instrucciones de despedida de Miguel.

—¡Dios mío! ¡Lo dejaste cargando! —exclamó Sofia.

Aunque Sofía le había advertido, con las prisas, lo dejó olvidado sin darse cuenta. Ninguna de las dos podía creer la mala suerte que Carmen hubiera olvidado desenchufarlo. Carmen apenas pudo articular palabra.

—¡Ese teléfono era tan importante para *nuestra seguridad*! —susurró atentamente—. ¡Ahora no tendremos forma de comunicarnos durante los próximos tres días!

Carmen sollozó desconsoladamente mientras Sofía la consolaba. No se atrevieron a hablar muy alto con todos los pasajeros del autobús a bordo.

—¿Y ahora qué vamos a hacer? —Carmen hizo un gesto con los labios como si gritara—. ¡No conocemos a nadie aquí en México! ¿Y si nos perdemos? ¿Y si nos pasa algo ahora? ¡No tenemos forma de comunicarnos con casa!

Y las lágrimas seguían rodando.

—¡Sigo ensayando mentalmente esa escena de la carrera de tres minutos! —lamentó—. ¿Cómo se me olvidó el teléfono? ¡Creo que será mi culpa si nos pasa algo!

Miró a su bebé.

—¿*Cómo* pude haber hecho algo tan *estúpido*? —protestó—. ¡No puedo creer que haya puesto en peligro nuestra seguridad!

Quizás fue falta de sueño, demasiada preocupación o mala alimentación. Todo tipo de pensamientos negativos brotaron de su mente. Hablaban entre sí con tanta ligereza, esperando que los demás no los oyeran. Pero una de las ecuatorianas sentada en la fila de delante, sí la oyó.

—¿Qué pasó? —susurró Sheila.

—Carmen dejó sin querer el móvil enchufado a la pared —Sofía le susurró.

—No te preocupes —le dijo Sheila sonriendo, mientras sacaba su celular para que se lo prestaran. Sofía se sintió tan aliviada que probablemente hundió otro pie en su asiento.

Carmen cogió el teléfono, pensó un momento, se rascó la cabeza y empezó a marcar. Aunque Sofía había escrito el número de su tía con bolígrafo bajo el brazo, justo entonces se dio cuenta de que ni siquiera sabía el de su propia madre.

—Carmen, parece un milagro que te sepas el número de mamá de memoria —le dijo Sofía—. ¡Menos mal! Estamos tan acostumbrados a pulsar el botón de enviar cada vez.

«La idea de seguir adelante sin teléfono me asusta, pero no puedo dejar que Carmen se sienta peor... ¿Cómo no previmos perder el teléfono o la necesidad de tener más minutos de pago? ¿Qué más no previmos?», pensó mientras Carmen marcaba.

Ahora que tenían la oportunidad de llamar, lo harían de inmediato antes de que algo más los detuviera. Estaban desesperadas por asegurarle a Betina que estaban a salvo. Necesitaban hacerle saber que no tenían *teléfono* y que se habían quedado sin minutos cuando se les cortó la llamada abruptamente la última vez que hablaron.

Había mucho que asimilar: el larguísimo día sin nada que hacer, luego un retiro espiritual con Miguel, la repentina prisa por subir al autobús, y ahora, el teléfono. Sofía percibió que Carmen se sentía culpable al pensar en lo que tendrían que hacer sin teléfono. Todo esto la estaba estresando. Sin embargo, aprovecharon la oportunidad para usar el teléfono de Sheila y llamar a su mamá lo más silenciosamente posible.

—¡Compren otro móvil! —dijo Betina mientras lloraba con ellas.

—¿De dónde? —respondió Sofía frustrada—. ¿Y *Cómo*?

El viaje estaba afectando a las chicas.

—Mamá, ¿me has escuchado? —Carmen espetó—. ¿Ya has entendido que dos de tus hijas menores recorren por una ruta peligrosa a través de la peor zona de México, para empezar una nueva vida en un mundo distinto al tuyo?

«¿En qué estaba pensando Betina?», pensó Sofía. «No podemos simplemente comprar un teléfono. Qué suerte que nos hicimos amigas de Sheila y que nos dejó usar el suyo. ¡Ánimo! ¡Sé valiente!», se repitió a sí misma.

Hablar con su madre les dio esperanza y alivio. No tardaron en calmarse. Carmelita se durmió rápidamente en el regazo de Carmen. Condujeron sin interrupciones toda la noche. Cada vez que Sofía iba al baño, aprovechaba un momento de privacidad para practicar su acento mexicano.

A primera hora de la mañana, pasaron la esperada estación de reten. Las luces de la policía parpadearon y las sirenas sonaron para que se detuvieran. El autobús fue detenido. Dos retenes subieron y exigieron con vehemencia que todos bajaran. Hicieron que todos formaran fila. Uno de ellos sacó a Sofía de la fila, aparte de los demás.

—¿Cómo te llamas? —interrogó el retén.

Sofía le dio su nombre mexicano exactamente como le indicaron.

—Isabela —respondió.

—¿Con quién viniste?

—Mi hermana.

—Déjame ver tu identificación —preguntó—. ¿Cuál es tu hermana?

Sofía sabía que debía mantener la boca cerrada lo máximo posible y señaló a Carmen.

Fue entonces cuando empezaron a interrogar a Sofía aún más porque curiosamente, Carmen no se parecía mucho a su hermana. Tenían diferente tez. Sofía tenía un tono de piel bronceado claro como su padre, y Carmen era más oscura como su madre. La llevaron aparte y la acribillaron con una pregunta más:

—¿A dónde vas?

—Guadalajara —aseguró.

No le preguntaron nada más. Pero entonces dos retenes llevaron a Carmen al otro lado y le hicieron preguntas similares con la intención de dejarla perpleja.

—¿De dónde vienes?

—Puebla —respondió Carmen.

—¿Con quién estás?

—Mi hermana.

—¿Adónde vas?

—Guadalajara.

Indicaron casualmente a Carmen que volviera al autobús y le señalaron su asiento. Era otro truco para comprobar si de verdad era la hermana de Sofía. Si su historia era cierta, las hermanas se sentarían juntas sin problema.

Después de lo que pareció un larguísimo rato, los retenes lograron recomponer las respuestas de las dos hermanas y las dejaron en paz. Sofía se dio cuenta rápidamente de que no todas fueron interrogadas en esa parada. Afortunadamente, solo las seleccionadas al azar. Así permitieron que el autobús continuara su recorrido. Todo el evento duró aproximadamente una hora. A las chicas les pareció una eternidad.

Una vez que todos estuvieron acomodados en el autobús y volvieron a la carretera, Sofía se sentó a procesar lo sucedido.

«Otra parada. Cada una tiene sus momentos de miedo. ¿Cuántas más habrá?»

En ese momento, escuchó a dos pasajeros comentar sobre los interrogados. Se dio cuenta, para su sorpresa, de que había otro coyote sentado en ese autobús con ellos.

«¡Se ha hecho pasar por pasajero! Ha estado observando cada aspecto del interrogatorio de los retenes. ¡Ahora lo entiendo!»

—Mantienen su identidad en secreto a menos que algo salga mal, y por eso varios viajeros lo han llamado por diferentes nombres. Es cierto lo que dijo Jessica: *si los detiene la patrulla fronteriza, los coyotes se harán pasar por migrantes* —le susurró a Carmen.

—Sí, yo también lo noté. Una vez que nos reagrupamos, el chico de la camisa azul se dirigió a los pasajeros con el mismo tono, énfasis y gestos que los demás guías con los que habíamos tratado hasta ahora, y les dijo lo contento que estaba —respondió Carmen—. ¡Lo hicieron muy bien!

Sofía se recostó en el asiento.

«Era un coyote en entrenamiento que hacía el viaje para aprender la ruta y descubrir cualquier obstáculo para una futura carrera. *Así* es como se mantienen fuertes y las conexiones funcionan tan bien».

POR SALLY J. DORAN

Estaba orgullosa de su trabajo de investigación.

«Capítulo 11»
Eslabones de una cadena

P. ¿Es Guadalajara un lugar seguro para los migrantes? ¿A qué distancia está de la frontera con Estados Unidos?

R. Guadalajara, la ciudad más grande del estado mexicano de Jalisco, es uno de los destinos turísticos más populares, donde las disputas territoriales entre grupos criminales, los secuestros y la violencia pandillera son comunes. La conexión entre Guadalajara y EE. UU. es de aproximadamente 21 h 7 min. o 1.288 millas.

Era el quinto día desde que las chicas se habían ido. El autobús turístico se detuvo para echar gasolina. Llegaron a Jalisco. Sofía comparaba y analizaba a cada uno de los coyotes por el camino.

«¿Quiénes son estos guías? ¿Por qué ayudan a los migrantes a cruzar la frontera? A veces, la persona puede ser como un líder a cargo de los viajeros, como los conductores. O podría ser el guía que se involucra genuinamente explicando los detalles, como Miguel. O podría ser el ranchero un poco hospitalario cuyo propósito es permitir que los migrantes pasen la noche para ganar dinero. Y a veces, puede ser un banquero importante, solamente una persona anónima con una lista de responsabilidades, igual que la persona que arregló el préstamo de mamá. Me pregunto, ¿obtienen placer o hay un propósito en esto? Todos parecen estar trabajando juntos, como eslabones de una cadena de personas que conforman el plan completo. Cada eslabón de la cadena es importante para que el siguiente paso funcione. Como a nivel microscópico, mirando hacia abajo».

Se rio para sí misma.

«Parecen pequeñas hormigas corriendo de un lado a otro, cada una con una tarea que cumplir. Me pregunto qué parte del viaje tiene los eslabones más fuertes y cuál los más débiles. ¿Y qué pasa si un eslabón de la cadena se rompe? Parece que todos tienen un rol, una agenda y un deseo de éxito, sea lo que sea que eso signifique para ellos. Y dentro de esta operación inseparablemente conectada... todos los vínculos parecen estar motivados por su propósito, el dinero y el tiempo. Sí, la sincronización del tiempo parece ser muy importante, como el afán de las hormigas por cumplir con su tarea».

El conductor del autobús interrumpió sus pensamientos.

—Pueden ducharse y comer, ¡apúrense! —dijo con urgencia—. Todavía no veo a ningún Reten por aquí, así que todo bien. Solo tenemos unas dos horas libres, y ustedes son varios, así que no se demoren. ¡Prepárense para partir pronto!

Sofía se sintió aliviada de que todos pudieran bajar del autobús. Eso significaba más seguridad y espacio para respirar, al menos por un rato. Antes de bajar, llegó la hora de recuperar el dinero escondido. Tenían hambre. Fue al baño y se arrancó con cuidado el forro de la ropa interior. Necesitaban el dinero mexicano para comer y usar las duchas. Ella y Carmen vieron un pequeño motel y restaurante muy cerca donde los viajeros podían comprar comida mexicana. Sospechaba que el conductor ya había estado allí antes, porque lo vio dirigirse directamente al restaurante.

Había unas diez duchas alineadas cerca de donde estacionó el autobús, muy parecidas a las que se encuentran en un balneario. Una señora de unos 45 años estaba parada, lista y esperando con un cartel en la mano. No dijo nada, solo observó a cada uno de los viajeros mientras bajaban del autobús. Esperaba allí para cobrar por el uso de las duchas.

—*Si quieren usar el baño, también tienen que pagar* —decía el cartel que llevaba la señora, de lo cual dejaba claro a los viajeros que pasaban.

«Otra persona más de la cadena», dedujo Sofía.

Anticipándose a la llegada, la señora tenía artículos de aseo a la vista y listos por si alguien los necesitaba: champú, jabón, rasuradoras, toallitas, etc. Sofía preguntó a la señora y aprendió que una ducha rápida con agua fría costaba unos veinte pesos mexicanos, o cinco dólares estadounidenses. Ambas monedas eran aceptadas.

«Será más seguro si pago con pesos como turista mexicana», pensó.

Para entonces, era rutina entre las chicas que una se duchara dentro del cubículo mientras las demás se quedaban afuera vigilando. No había mucha privacidad y solo había agua fría. Con mucha gente en la fila, la señora les aconsejó que no se demoraran demasiado.

Después de la ducha fresca Carmelita, se comportaba casi como antes. Carmen convenció a Sofía de que se arriesgara a caminar hasta el restaurante cerquita a comprarle algo nutritivo. Sofía estuvo de acuerdo en que a todas les vendría bien algo nutritivo, ya que se estaba cansando de las galletas.

Compraron dos platos de comida mexicana para compartir con la bebé. No había mucho para elegir, así que pidieron Coca-Cola para acompañar un desayuno de chilaquiles. Sofía observó cómo la cocinera servía la comida. Era diferente a los chilaquiles guatemaltecos que preparaba su mamá. Este desayuno mexicano llevaba totopos recién hechos, cocinados a fuego lento en salsa, cubiertos con queso fresco, frijoles refritos y arroz blanco. El de su mamá llevaba huevos, tortillas de maíz y queso fresco. Pero, por 20 pesos más, pidieron que lo espolvorearan con epazote, la hierba guatemalteca. Querían que supiera a casa. El único problema fue que ninguno de las dos esperaba lo picante y condimentado que estaría.

Carmen dio un pequeño mordisco.

—¡Qué error he vuelto a cometer! —exclamó—. No puedo creer la cantidad que usaron.

Entendía que el epazote era venenoso si se consumía demasiado, así que, por desgracia, pensó que la comida no era segura para Carmelita. No se atrevió a dejarla comer y se sintió decepcionada consigo misma. Tanto Sofía como Carmen se negaron a comer, a pesar de que estaban muertas de hambre. Sofía solo podía pensar en el dinero que acababan de malgastar, y lo decepcionada que estaba que no fuera como el desayuno de su mamá. Se lo habían gastado casi todo. Pronto vieron a una de las chicas ecuatorianas, Sheila, dirigiéndose hacia ellas. Sin dudarlo, Sofía y Carmen se acercaron y le dieron los platos de comida como otro agradecimiento por prestar su celular.

—Está bien — le susurró Sofía a Carmen—. Sobreviviremos. Los refrescos tendrán que bastar.

Tres horas pasaron volando. Como un vaquero dirigiendo un rebaño de vacas, el conductor silbó e hizo ruido para que los viajeros regresaran al autobús. Se acercaban a su destino. Anticipando que no tardarían mucho, se les indicó que dejaran atrás las bolsas grandes que contenían sus reveladoras pertenencias de migrantes; debían aligerar su carga en cada parada subsiguiente, quitándose la ropa sudada o arrugada para lucir una apariencia fresca y limpia. Era imperativo que imitaran el comportamiento de los turistas.

Tras solo media hora de viaje, Sofía oyó una fuerte explosión y sintió que el autobús se balanceaba. Carmen miró por la ventana. El autobús estaba torcido, inclinado hacia un lado.

—¡Rueda pinchada! —gritaron algunos pasajeros.

La rueda del autobús sí se salió. Los pasajeros estaban frustrados. Los obstáculos parecían aumentar a medida que se acercaban al final del viaje.

«Ahora... ¿qué?», Sofía respiró.

Por suerte, estaban cerca de una gasolinera.

—¡*Quédense* en el autobús! —les ordenó el conductor a todos.

Se bajó a investigar. A través de la ventanilla inclinada, Carmen y Sofía observaron con sorpresa cómo la gente, probablemente los verdaderos turistas, descendía del autobús.

—Muchos pasajeros no hacen caso de lo que nos dijeron —dijo Sofía —. Se bajan para comprobarlo por sí mismos. Esto es arriesgado... van a llamar la atención sobre nosotros.

Observaron. Uno a uno, los turistas entraron a la gasolinera y compraron bocadillos, bebidas y dulces. La escena de hormigas corriendo con una misión le vino a la mente a Sofía de nuevo. Todavía hambrienta e incapaz de seguir las reglas, Carmen decidió escabullirse del autobús. Convenció a Sofía de que en cinco minutos podría conseguir algo para la bebé... cualquier cosa que no fuera picante ni estuviera cubierta de epazote.

Carmen corrió por el pasillo del autobús y se bajó en segundos. Entró corriendo a la tienda y se quedó esperando pacientemente en la fila con los demás. Los perros calientes le llamaron la atención, así que compró dos con las monedas que le quedaban del dinero de Sofía.

POR SALLY J. DORAN

Como prometió, Carmen regresó al autobús en menos de cinco minutos. No quería correr detrás de otro autobús como la noche anterior.

Mientras tanto el conductor cargaba a bordo las herramientas necesarias para reparar el pinchazo. Sabía exactamente qué hacer y se puso manos a la obra de inmediato, de forma rápida y eficiente. Pudo reparar la goma él mismo en menos de 30 minutos. Como un reloj, nadie rompió un eslabón de la cadena.

Con todos sanos y salvos de vuelta en el autobús, condujeron el resto del día. Sofía no se sentía nada cómoda. Estaba inquieta, hambrienta y cansada de estar sentada mucho tiempo. Hora tras hora, estaban apretujadas en el asiento sin espacio para moverse, estirarse y menos caminar. Extendían los brazos de vez en cuando, lo mejor que podían. Todos hablaban en voz muy baja. El tiempo pasaba muy despacio. Ella durmió una siesta de unas dos horas, pero en realidad, era puro aburrimiento. Todos estaban inquietos. Sofía cuidaba la pequeña bolsa tipo cartera en su regazo, donde guardaba sus últimas pertenencias. Carmen sostenía a su bebé durmiendo la siesta.

Ahora que tenía tiempo para reflexionar sobre toda la situación, como si fuera una vista de pájaro mirando hacia abajo a las hormigas que se apresuraban a formar los eslabones del viaje de principio a fin, las emociones de Sofía surgieron de nuevo. No tenía nada que distrajera sus pensamientos. Se preguntó qué estaba haciendo en este lugar en este momento. Se hizo miles de preguntas:

«Si estuviera en casa, ¿qué estaría haciendo ahora en mi país? ¿Qué va a ser de mí? ¿Y si nos envían de vuelta? ¿Y si nos pasa algo terrible? ¿Qué pasará mañana? ¿Cómo será mi vida cuando llegue allá? ¿Podré ir a la escuela? ¿Conseguiré un trabajo? ¿Cuándo volveré a ver mi país? ¿Cómo será mi tía cuando llegue allá? ¿Será como mi madre? ¿Cuándo veré a mi madre o a mi familia?»

Sus pensamientos siempre volvían al miedo y a lo desconocido. Sofía prefería ir a lo seguro. Prefería guardar silencio, escuchar y observar a los demás, sin revelar nada. Sentía tristeza, nerviosismo, arrepentimiento e inquietud. Reflexionaba sobre los acontecimientos de los últimos días y noches, pensando en lo desconocido, lejos de su familia y en las comodidades que extrañaba de casa. Extrañaba a su madre, extrañaba la comida, y solo habían pasado unos días. No quería compartir sus pensamientos y sentimientos por miedo a arruinar el plan que todos pusieron en marcha con tanto esmero, aunque realmente deseaba apoyar a su hermana. Sus pensamientos se volvieron más deprimentes a medida que el viaje se convertía en su realidad.

«Al menos Carmen podría distraerse y concentrarse en su bebé», pensó.

La incertidumbre hizo que su mente pensara demasiado mientras permanecía sentada allí, inmóvil, mirando al frente, absorta en sus pensamientos.

«Capítulo 12»

Una parada que revela su destino

P. ¿Puede un momento en el tiempo cambiar la trayectoria de tu
futuro?

R. Por supuesto, solo se necesita uno.

Alrededor de las 10:00 de esa noche, pasaron por otra estación de
retenes, donde todos los autos, autobuses y camiones de carga que
pasaban debían detenerse. El coyote les había explicado previamente
que, dependiendo de la ubicación en el país y de la cantidad de oficiales
empleados en cada estación, cada una parecía tener su propia rutina y
estilo para realizar la inspección. Desde el principio, les habían inculcado: los retenes trabajan para la Oficina de Migración de México y,
por lo tanto, tienen la facultad de expulsar a un viajero al instante si
sospechan que es extranjero.

«Sigue las reglas, obedece sus órdenes y guarda silencio... pero
cuando debas hacerlo, habla como una mexicana», se repetía Sofía a
sí misma.

Esta vez, un policía mexicano subió al autobús y señaló a varias personas.

—¡Ustedes, ustedes y ustedes, *bájense*!

Observando atentamente a la gente, avanzó con calma y lentitud por el pasillo. Por supuesto, le indicó a Sofía que también se bajara. Con las manos sudorosas y los nervios a punto de estallar, ella esperaba que su corazón latiera con fuerza para no llamar su atención.

—¡*Tú*! —repitió su orden al acercarse a su asiento mientras le iluminó el rostro con una linterna.

«Por favor a mí *NO*... Quizás señala a otra persona... ¡Por favor no me elijas!», pensó, quedándose congelada.

Pero le apuntó la linterna directamente a la cara mientras repetía su orden de que bajara del autobús.

«¡*Nooooo otra vez!* ¿Por qué? ¿Por qué me señalan? Lo he hecho todo bien. ¿Por qué yo? ¿Es porque estamos sentados en el último asiento del autobús?»

Con una mirada rápida, los ojos de Sofía se cruzaron con los de Carmen, e incluso en la oscuridad, su hermana pudo leer las emociones en su rostro. Carmen le hizo un gesto con la mano para que se calmara.

—Cálmate —le decía en silencio.

Los ángeles debieron oírlos porque por la gracia de Dios, la pequeña Carmelita permaneció dormida durante toda la inspección, y no llamó la atención del oficial.

«A lo mejor Carmen no fue escogida, pues siempre llevaba a la bebé en brazos», pensó ella mientras se levantaba para salir del autobús. Sin embargo, se puso de pie, respiró hondo por la nariz y avanzó lentamente por el pasillo hasta bajar del autobús. «Debo guardar silencio. Me llamo Isabela. Recuerda tu dialecto. Guarda silencio. ¿Me registrarán, créeme, y me enviarán a casa sin mi hermana? ¿Aquí vamos de nuevo ...»

Inmóvil, Sofía miró a su alrededor con nerviosismo. Ya tenía la costumbre de contar a la gente a su alrededor en todo momento. Contó diez pasajeros elegidos para bajar del autobús. Cada uno tenía un oficial asignado que interrogaría sus intenciones de viaje. Sintió el sudor húmedo que le salía de las axilas y recordó lo que el primer coyote les había dicho sobre sudar y supo: eso no era bueno.

Una vez más, el oficial se apresuró a preguntarle su nombre y le hizo las preguntas habituales:

—¿Adónde vas?

—Guadalajara —respondió ella y se arrancó las uñas del nerviosismo.

—¿Por qué jugueteabas con los dedos? —le preguntó, notando su comportamiento.

Confundida, sin darse cuenta de que, en realidad, había estado jugueteando con las uñas.

—¡Porque me pediste que me bajara! —respondió. No supo qué más decir.

—¿Sabes que puedo enviarte de regreso a tu país? —dijo sonriendo.

Por su tono, Sofía quedó convencida. «Sin duda, *él sabe* que yo no soy de México».

Ella intentaba una leve sonrisa nerviosa, casi coqueta. No supo qué más decir. Él anotó su nombre en un folleto. Con el rabillo del ojo, pudo ver que estaban parados cerca de los baños portátiles al aire libre, alineados en fila para el uso de los viajeros.

—¿Puedo usar el baño? —preguntó con dulzura y sonrió de nuevo.

—Ve —respondió. Le devolvió la sonrisa y la acompañó hasta uno de los baños.

Mientras caminaba a su lado, Sofía levantó la vista lo suficiente como para notar cuántas personas más habían sido detenidas en otros autobuses que pasaban por esa estación. Con la mirada aún fija en el suelo y el retén cerca de ella, percibió todo el caos y el movimiento. Había al menos otros dos autobuses llenos de gente y muchos coches con docenas de policías dispersos. Los perros rastreadores estaban haciendo su trabajo.

«Tiene que ser la última parada antes de la frontera», notaba. Respiró hondo, entró al baño y empezó a orar. «Por favor, Dios mío, necesito calmarme. *¿Cómo* puedo salir de esto?» Cerró los ojos, inhaló profundamente de nuevo y luego exhaló una respiración larga y relajante. De repente, la invadió la calma. Abrió los ojos lentamente. Esperó unos minutos, se arregló la ropa, levantó la cabeza y salió.

El oficial seguía allí esperando. La miraba fijamente. No era un retén mayor de edad; era un joven de unos 29 años.

—¿Ya terminaste? —preguntó finalmente—. ¿Estás lista?

—Sí —ella respondió, como si fuera algo cotidiano.

Le hizo un gesto con la mirada, haciéndole saber que se dio cuenta de que, efectivamente, no era mexicana. Asintió con la cabeza y le tocó el hombro, indicándole que volviera al autobús. Los ojos de Sofía se cruzaron con los suyos por una fracción de segundo, pero rápidamente apartaron la mirada, caminando a toda velocidad hacia el autobús. No quería perder tiempo.

«¿Me está dejando ir? ¿Por qué? ¡No preguntes! Guarda silencio. No mires atrás. Por ahora, él es un vínculo imprescindible para que el siguiente paso sea viable para nosotros. Es un ser humano compasivo que quizás me compadezca, sienta empatía o tal vez simplemente comprenda nuestra lucha en este momento. Eso es todo lo que necesito creer».

Ella analizaría este momento más tarde y aceptaría que ese instante habría cambiado el rumbo de su futuro.

Una vez que subió al autobús, miró a su alrededor y contó cuántos asientos estaban vacíos. «¿Cuántas personas se quedaron en el autobús?» Había observaba las caras de todos y los recordaba. Vio quiénes se bajaron y se dio cuenta de que tres no volvieron a subir. Tres de los diez viajeros se quedaron allí.

Una enorme sensación de victoria la llenó al sentarse. Un alivio absoluto la invadió su ser. Tomó la mano de su hermana y pensó, «Fue un milagro que no me enviaran de vuelta». Cerró los ojos un momento y comenzó a rezar. Se llevó la mano al pecho. «Bueno, las tres seguimos juntas. Seguimos en camino». Miró el reloj en el tablero del autobús. Sus números rojos brillaban en la oscuridad. Todo esto ocurrió en veintinueve minutos.

Se escuchaban los retenes que cerraron las puertas del compartimento bajo la parte inferior del autobús. Los últimos ruidos de los perros que habían olfateado las maletas en busca de drogas se disiparon. Segundos después, sintieron que el autobús se preparaba para partir. Los susurros entre los pasajeros migrantes restantes se desataron:

—Éramos quince los que empezamos con nosotros en este autobús.

—¿Cuáles fueron retenidos?

—¿Quién está todavía con nosotros?

—Cuántas paradas obligatorias crees que nos quedan?

«Hay algo favorable en quienes son los 'verdaderos' turistas mexicanos que viajan en el autobús con nosotras. Se sentaron en silencio y escucharon la charla. Parece que están al tanto de lo que sucede con los migrantes que intentan huir a través de su país, y aunque ya han tenido varias oportunidades de hablar y denunciarnos, nunca lo hicieron. Ellos también son empáticos y un eslabón importante en la cadena».

El autobús continuó hasta el amanecer. Sofía calculó que estuvieron en el autobús unas 30 horas. Carmelita durmió mientras Carmen y Sofía charlaban sin parar sobre sus descubrimientos y observaciones hasta ese momento. Mientras repasaban en silencio los acontecimientos de los últimos días, pudieron reírse un poco de la forma en que Carmelita incitaba a los demás con su tos, el celular que dejaron atrás, cuando el espantoso Reten le pidió a Sofía que se bajara del autobús y la horrible comida. También comenzaron a expresarse en voz alta sus predicciones sobre la nueva vida que les esperaba al otro lado de la frontera.

—¿Crees que la tía Martina se parecerá a mamá? —preguntó Carmen.

—Sin dudarlo, —Sofía respondió—. Mientras pueda cocinar como mamá, creo que va a ser genial.

—¿Crees que su casa se parecerá en algo a la nuestra?

—Lo dudo —negó Sofía con la cabeza—. Pero, creo que tendrá muchas fotos y chucherías guatemaltecas para recordar sus raíces. Creo que será una casa enorme, realmente grande, con muchas habitaciones y cosas divertidas que hacer... me pregunto si sus hijos hablarán español. Estoy emocionada... ¡Seguro que pueden ayudarnos a aprender inglés!

—Sí, el inglés es importantísimo —asintió Carmen y miró a Carmelita—. Necesitamos aprender inglés para poder hacer cualquier cosa en el futuro. Creo que lo aprenderemos rapidísimo. Gracias a Dios, Carmelita crecerá sabiendo ambos idiomas. Gracias a Dios que están dispuestos a patrocinarnos, porque sin su apoyo nunca habríamos tenido esta oportunidad.

—¡Sí! —exclamó Sofía—. ¡La familia lo es todo!

Sorprendentemente, cada día, en cada evento, tuvieron suerte. Charlaban con incredulidad sobre cómo habían superado todo con bendiciones. Ya fuera karma, un golpe de suerte, oportunidad o el destino... como fuera que cada uno quisiera llamarlo, se sentían agradecidas mientras todo encajaba. Sofía miró por la ventana hacia la oscuridad.

«No, nada malo hasta ahora. Me pregunto por qué algunas personas no han sido tan afortunadas. Espero que nuestra suerte no se acabe. No entiendo por qué algunos triunfan y otros sufren. Ojalá conociera todas las reglas de esta vida». Mientras se dejaba llevar por un sueño ligero, sonrió. «Espero que nuestro futuro siga ofreciéndonos golpes de suerte y finales triunfantes y felices».

Estaba claro que tenían que reconocer lo bendecidas que habían sido.

«Capítulo 13»

El taxi amarillo

P. ¿Qué piensas cuando hay un taxi rosado y blanco a la derecha frente a la casa blanca?

R. ... mucha confusión y un taxi amarillo esperándolos.

Ya eran casi las 5:00 a.m. Todavía estaba oscuro y muy tranquilo afuera, mientras salía el sol. Aún faltaban algunas horas para el bullicio del día. Su autobús turístico se acercaba a la última estación de retenes antes de la frontera. Se detuvo lentamente. Dos policías mexicanos subieron con linternas y revisaron a los pasajeros con indiferencia, uno por uno. Pero esta vez, a nadie se le dijo que bajara. Solo pidieron identificación a unos pocos mientras caminaban por el pasillo.

Sofía fingió dormir, apoyando la cabeza en el hombro y rogando que no la vieran. Carmen amamantaba a la bebé, con la esperanza de pasar desapercibida. Con los ojos bien cerrados, Carmen esperaba y rezaba para que Carmelita se quedara quieta y no llamara la atención. Le puso un pañal de tela sobre el hombro, cubriéndole la cara, y ella también fingió dormir.

Los policías se detuvieron al llegar al asiento de Carmen. Dos hombres altos uniformados la observaban desde arriba. El silencio invadió el autobús. Nadie se movió. Sofía miró de reojo con la mayor discreción posible. Notó que uno de los policías se fijó en Carmen. Sofía se movió ligeramente para apartarse de ella. *No* quería darles motivos para interrogarla, ni que se repitiera lo de la última parada.

—«*Por favor*, No dejes que Carmen sea la siguiente» oró en silencio.

En un instante, el retén iluminó la cara con la linterna cuando vio a Sofía cambiar de postura. Sofía temió que llegara la orden de bajar. Se aferró con fuerza, dándole vueltas a sus pensamientos que querían adelantarse a ella, pero continuó adoptando la falsa postura de dormir. No se atrevió a abrir los ojos.

«¿Cómo los actores lo hacen?», pensaba.

El destino quiso que los dos hombres se dieran la vuelta y regresaran tranquilamente a la puerta del autobús. No dijeron nada. Para sorpresa de todos, ningún viajero fue bajado.

Llevando la cuenta, Sofía notó que esta inspección duró menos de diez minutos. Juró que escuchó las exhalaciones de todos los pasajeros a bordo. Sintió cómo se liberaba de la tensión y oyó los numerosos suspiros de alivio mientras los dos retenes bajaban las escaleras del autobús.

De vuelta en la carretera, condujeron durante aproximadamente una hora, dejando Santa Ana en el olvido. Sin duda, estaban más cerca de la frontera después de conducir toda la noche. Sofía tenía mucha hambre. Después de tres paradas de retenes, para entonces ella y Carmelita estaban muertas de hambre. Carmen nunca comía mucho. No hubo más paradas de gasolineras, ni duchas frías, ni comida, y Carmelita ya estaba harta de estar en el autobús. Ese perrito caliente lamentable no les duró mucho. Carmelita empezó a llorar, llamando la atención una vez más.

Todavía estaba un poco oscuro afuera, cuando el autobús se detuvo de golpe. Sofía contó. Seis viajeros descendieron.

—¿Son estos los que van a atravesar el desierto para cruzar la frontera? —susurró Carmen.

—Sí —afirmó Sofía.

Sofía recordó que irían por allí porque recordó que, en cierto punto, Miguel les había dicho que, "seis" los dejarían para emprender la travesía a pie, más arriesgada, de ahí en adelante. No supo cuáles en concreto hasta que los vio bajarse. Pensó en su tío y en todas las historias sobre cómo atravesar el desierto.

«Con la bendición de Dios y quizás también de Santiago, lo lograrían. Ahora entiendo por qué optaron por cortar el desierto. Aunque es más peligroso, si lo logran, ¡evitarán la inquietante experiencia de ser detenidos por los retenes!»

Preocupada, Sofía repasó los números. Era una forma de distraerse. Llevaba un registro de los rostros de cada pasajero, sus pertenencias, sus agendas y su paradero.

«Había 15 migrantes en este autobús: tres fueron retenidos en una de las paradas, luego seis —tres mujeres y tres hombres— fueron permitidos bajar para cruzar el desierto, y ahora son seis».

Recordó haber oído a uno de los supuestos turistas decir: "Todos los que estaban con Miguel se van al desierto". «Ahora tenía sentido... otro eslabón de la cadena. Seguro que era otro coyote, porque si no, ¿cómo habría conocido tan bien a Miguel? Aun así ¿Por qué querría alguna mujer arriesgarse en el desierto? ¡Esto ya da bastante miedo!»

Diez o quince minutos después, llegaron a su última parada. Se les indicó a los migrantes restantes que descendieran del autobús turístico. El conductor confirmó que Sofía, Carmen, Carmelita, un niño de doce años llamado Santiago, la salvadoreña Jessica y su bebé serían los siguientes en partir.

—Escuchen con mucha atención —les dio instrucciones explícitas—. Al bajar, verán una casa blanca a la izquierda de la calle. Justo enfrente habrá un taxi *amarillo*. Habrá un nuevo coyote al volante. Súbanse y sigan sus instrucciones. No se confundan ni se dejen llevar por nadie porque habrá otros taxis rosas y amarillos alrededor reclamando su atención. ¡No hablen con nadie! No se *suban* a ningún otro vehículo.

Todo pasó tan rápido. Sofía entró en pánico.

«¡Ay!... ¿Qué color era cuál? ¿Qué dijo? ¡Habló demasiado rápido! ¿Y si confundimos los colores? Amarillo, a la izquierda, amarillo, amarillo, a la izquierda», repitió en voz baja.

El autobús turístico se detuvo y bajaron seis. Había un taxi blanco con techo rosa al otro lado de la calle. El conductor los saludó con la mano. A la derecha había tres taxis amarillos estacionados en fila, junto a un auto marrón. Uno de los conductores les hizo una seña.

Pero cuando miró a la izquierda, tal como le dijeron, Sofía vio la casa blanca con un taxi amarillo delante...con suerte, esperándolas. El conductor no hizo ningún movimiento, solo un leve asentimiento. Los seis marcharon en fila hacia el taxi amarillo de la izquierda. Ninguno se desvió. Con un poco de alivio, Sofía supo que tenía que ser correcto. Los seis subieron al taxi amarillo de la izquierda.

El conductor se identificó como Edwin. Tenía unos cuarenta y siete años, era gordo y feo. Tenía marcas de viruela por toda la cara, bigote negro y olía a sudor. Les dijo que iban a un pequeño hotel a unos cinco minutos. Edwin los acompañó directamente al hotel, pasando justo por delante del mostrador de facturación. Juntos, entraron directamente a su habitación.

Sofía conectó más elementos de la cadena. Especuló que estaba todo preestablecido, y por eso no tuvieron que pagar ni registrarse oficialmente. Su habitación estaba en una esquina con respecto a la oficina principal del hotel.

«Qué conveniente. El jefe de todos los eslabones de la cadena probablemente era el dueño de este hotel y también de los vehículos en los que viajábamos. ¡Apuesto a que también soborna a algunos de los retenes por el camino!»

El cuartito tenía una cama pequeña, un baño sin puerta y una ventana pequeña con la persiana bajada para que nadie pudiera ver dentro. Tenía una estufa con una lata de frijoles de cerámica encima, un refrigerador sin estantes, pero lleno de latas de refresco y tortillas de maíz. Había bolsas de basura con ropa vieja y sucia metidas dentro. Afuera el sol estaba saliendo y los gallos vecinos cantaban con fuerza, como anunciando su llegada.

—Dentro de poco, el próximo paso del plan, —reveló Edwin—, llamaré a mis contactos para avisarles que todos están aquí. A su vez, ellos se comunicarán con cada una de sus familias para informarles que han llegado hasta aquí. Su familia pagará el resto de la deuda. Cuando tenga la respuesta de que su parte ha sido pagada, los llevaré a la frontera cuando sea el momento oportuno para cruzar. Desde allí, cruzarán por su cuenta.

«Qué complicado y complejo debió haber sido organizar todo este viaje, aunque todo corriendo tan suave como ruedas hechas de seda...cuántos otros lo habían hecho antes que nosotros. Si surgían contratiempos, como una rueda pinchada, siempre había un plan B listo para ejecutar. Me asombra pensar en cuántas personas participaron desde el principio, tantos eslabones de la cadena».

Al principio, no era obvio el por qué Edwin los alineó y los sentó en la cama. Se aseguró de que Santiago se sentara lo más lejos posible y procedió a sentarse junto a Jessica, quien intentaba acomodar a su bebé. Pero pronto, tocó el pecho de la muchacha y comenzó a frotarle la pierna. Luego, le ordenó a Santiago que se alejara aún más de todos para no ver lo que Edwin planeaba hacer. Alarmada, Sofía miró a su hermana con miedo. Mientras seguía acariciando la pierna de Jessica, Edwin les habló con desprecio.

—¡Ustedes son unas asquerosas y necesitan ropa limpia y una ducha porque están *sucias*! — murmuró Edwin como si tuviera un doble sentido.

Jessica le apartó las manos repetidamente mientras hablaba.

—Les daré ropa a ustedes, y ustedes me darán sexo a cambio —continuó con un tono que insinuaba autoridad. Sofía negó con la cabeza, incrédula, y bajó la mirada.

«Miguel nos había advertido que algo así podría pasar. No puedo creer en lo desagradable e irrespetuoso que es; muy diferente a los demás hasta el momento».

Jessica no le dijo ni una palabra, pero siguió poniendo a su bebé en su falda para apartar su mano. Sofía vio que su compañera de viaje estaba paralizada por la sorpresa, mientras que ella y Carmen también se quedaron sin palabras.

Santiago, un chico determinado, se negó a apartar la mirada como se le ordenó. Santiago era joven, pero intrépido ante este hombre. Su intención era no dejar a las mujeres solas con un hombre pervertido. Ver a Santiago enfrentarse a él les confirmó a las chicas que cuando viajas con alguien que te respeta, se acortan las distancias y se crean vínculos y conexiones más fuertes. Recordó al anciano que le ofreció dulces a Carmelita.

«Esta lealtad de grupo se crean por pequeños eventos fortuitos que nos unen. Son buenos vínculos... eslabones que no se romperán».

Al no tener mucha suerte con sus avances hacia Jessica, Edwin le hizo una seña a Carmen. Insistió en que tendría que acompañarlo al pueblo a comprar ropa limpia. Dio estrictas instrucciones de que solamente una persona a la vez pudiera salir de la habitación del hotel.

Mientras el taxista hablaba, se esforzaba por intimidar a los jóvenes migrantes.

—¿Saben lo *fácil* que es que los envíen de vuelta? —les aseguró con una confianza robada. Sus palabras jugaron con su mente, mientras hacía todo lo posible por aprovechar el momento. Recordándoles su cautiverio, les hizo saber con arrogancia que él tenía la sartén por el mango.

—¡Miren lo *lejos* que están de sus casas, y *cuánto tiempo* han viajado para llegar aquí! —les advirtió con su risa siniestra—. ¿Se dan cuenta de cuánto dinero se gastó en *ustedes* y de las *deudas* que su familia ha contraído solo para que pudieran estar aquí? ¿Saben lo cerca que están de la frontera ahora? Me *necesitan*. ¿Están dispuestos a tirarlo todo por desobedecerme? No dejen que todo esto sea en vano. Dentro de poco, sus familias pagarán el resto del dinero, así que más les vale que se hagan los agradecidos.

Sofía no apartó la vista de Carmen y Carmelita mientras rezaba en silencio.

«No puedo creer que, de todas las personas de la cadena que nos ayudaron, este taxista, Edwin, fuera tan inescrupuloso. ¿Cómo se atreve a intentar intimidarnos para que hagamos lo que él quiere en forma de agresiones sexuales? ¡Es repugnante!»

Como las tiendas abrían pronto, Carmen accedió a acompañarlo al pueblo a comprarles ropa limpia. Ahora que estaban tan cerca, necesitaban ropa limpia para no llamar la atención como migrantes viajeros. Carmen se levantó y fue al baño. Santiago y luego Sofía se quedaron frente a la puerta mientras ella se desabrochaba la costura de la ropa interior y sacaba los 600 pesos, unos $33 dólares estadounidenses, que llevaba cosidos. Era lo último que les quedaba de dinero para emergencias.

—Prométeme que gritarás a todo pulmón si Edwin intenta hacerte algo mientras estás fuera —Sofía le susurró a Carmen aterrorizada—. ¡Ten cuidado, *por favor*! ¡No dudes en llamar a la policía, aunque tengamos que regresar a Guatemala! No me importa. Prefiero regresar antes que ceder a las insinuaciones de Edwin.

Armada con las palabras de Sofía, Carmen dejó al bebé con su hermana mientras ella y Edwin fueron a buscar la ropa limpia y fresca que necesitaban. Efectivamente, Edwin intentó tocar a Carmen durante el viaje en el coche a la tienda.

—Una vez que entremos a la tienda, fingirás ser mi mujer —le exigió con su tono sórdido—. Me besarás y me tomarás de la mano como si fueras mi novia. Tienes que hacerlo o sospecharán que eres una migrante. Carmen supo de inmediato que era una trampa. Respondió con firmeza y cejas fruncidas.

—Si *intentas* hacer algo, gritaré *y* llamaré a la policía —le dijo claro y sin rodeos—. Me da igual si llego a la frontera o no. *No voy* a tolerar tus malas acciones.

Ahora que sus intentos fracasaron, le ofreció unos pesos por sexo.

—*Tú* necesitas el dinero —dijo, intentado convencerla—. Solo así *lo* lograrás. ¡Confía en mí! Carmen, pequeña pero determinada, permanecía en silencio y negó a dignificar su oferta con una respuesta.

Estacionaron su taxi junto a la tienda. Tenía suficiente dinero para comprar ropa para ella, Carmelita y Sofía. Debería quedar justo para comprar comida. Al lado de la tienda de ropa estaba el vendedor ambulante de siempre y un restaurante improvisado. Carmen compró pollo y arroz suficiente para todos, anticipando que todos estarían hambrientos.

De vuelta en el hotel, Edwin no perdió tiempo en advertir al grupo con voz intimidante.

—No se *atrevan* a contarle *a nadie* lo que pasó en el coche ni en esta habitación —amenazó—. *Si* lo hacen, iré tras ustedes y me aseguraré de que los envíen de vuelta, ¡o los *mataré*! Haré que su familia *pague las consecuencias.*

Era obvio al grupo que los estaba coaccionando para que creyeran que nadie, ni siquiera en Estados Unidos, debía saber de su existencia, ni de su papel en "ayudar" a los migrantes a cruzar la frontera. Pero todos comprendían el motivo de las amenazas de Edwin. Si ellos le contaban a alguien cómo los trataba, Edwin mismo perdería su tra bajo... o uno de los enlaces *lo mataría a él*.

Tras su discurso intimidatorio y su negativa a renunciar a sus deseos sexuales, Edwin le ordenó a Santiago que fuera a la habitación del hotel de al lado. Creía que sus amenazas las asustaban. Intentó una vez más obtener favores de las muchachas. Pero el muchacho negó con la cabeza y se mantuvo firme. Se negó a irse. Santiago sospechaba que el viejo verde quería estar a solas con las chicas. Instintivamente sabía que Edwin se aprovecharía de su vulnerabilidad. Aunque solo tenía doce años, Santiago no las dejaba solas. Permanecieron acurrucadas en la cama y comieron el pollo. Los seis viajeros permanecieron juntos e ignoraron al coyote.

—Qué irónico que diga que el peligro está 'ahí afuera', cuando el verdadero peligro está dentro de esta habitación de hotel con *él* —les susurró Sofía a los demás.

—¡Lo llamé viejo sucio y desagradable! —respondió Carmen—. Menos mal que la tienda estaba cerca del hotel y el viaje con él fue rápido. Al menos la comida era barata y todos podemos comer antes de cruzar hoy. Los demás estuvieron de acuerdo.

Después de comer, necesitaban ducharse, cambiarse de ropa y prepararse para el último cruce fronterizo. El problema: no había puerta del baño que cerrar. Esto fue una estrategia de Edwin para asegurarse de que la cortina de plástico transparente de la ducha fuera visible desde el resto de la habitación. Si las muchachas entraban al baño, él podía echarles un vistazo.

—¡Oye, niño tonto ¡—gritó Edwin—. ¡Déjalas en paz! ¡Tienen que ducharse! ¡Quítate del medio! Edwin observó cómo las chicas entraban al baño.

—¡No! No las voy a dejar —respondió Santiago. Se mantuvo firme y rotundo pero educadamente, se negó a salir de la habitación de las muchachas. En cambio, se le ocurrió la idea de quitar la colcha de la cama y usarla para cubrir la cortina transparente de la ducha.

—Respeto a las mujeres y su privacidad, y *no me* voy —Santiago dijo astutamente. Se quedó frente a la puerta del baño, protegiéndolas de la mirada sucia y penetrante del taxista. Y con esa declaración, el viejo coyote, gordo y feo finalmente salió de la habitación del hotel para llamar a su contacto e informar oficialmente de la llegada de los seis cerca de la frontera. Las muchachas recogieron los platos de comida y se bañaron en paz, gracias a Santiago.

Mientras se preparaban, Jessica compartió la historia de la última vez que había llegado tan cerca de la frontera.

—Me había hecho amiga de otra chica llamada Emily. Tenía unos veinte años, era guatemalteca. Hicimos casi todo el viaje juntas con un pequeño grupo de personas. Pero cuando nos acercamos a la frontera, no sabemos por qué, un hombre se le acercó y se fue con él. Nunca regresó. Unas dos horas después, la encontraron muerta. Tenía las manos y los pies atados. Fue horrible. Tenía su identificación entre mis cosas, así que tuve que llamar a su madre y contarle la terrible noticia.

Hubo un largo silencio.

—Pero, —dijo Jessica con entusiasmo—, esta vez todos lo lograremos. ¡Lo sé!

Edwin regresó cerca del mediodía para decir que la familia de Sofía fue la primera en pagar. Betina había depositado el dinero. Carmen y Sofía serían las primeras en salir del hotel. El pago de Santiago y Jessica aún no se había procesado, así que tendrían que esperar unas horas más. Edwin estaba listo para acompañar a Sofía, Carmen y a la bebé a la frontera y regresaría a buscar a los demás una vez que sus familias hubieran pagado.

—Las llevaré en mi taxi y las dejaré frente al muro, tu destino final —explicó—. Esto es una operación de pago contra reembolso. Solo nos pagan cuando se cruza la frontera con éxito. Habrá un hueco grande o abertura en la pared, redondo y roto en el muro por donde tendrán que escalar para llegar al otro lado. Los oficiales de inmigración de EE. UU. estarán esperándolas al otro lado. Probablemente las detectarán de inmediato y vendrán a buscarlas en cuanto crucen. No muy lejos de allí está el Edificio de Inmigración de

EE. UU. Ahí es donde las llevarán para realizar los trámites de entrada a los Estados Unidos.

sus ingresos en Estados Unidos.

Tras revelarse ese plan para la frontera, Edwin se burló como si la situación no le preocupara, ordenando a los demás que se quedaran allí y que él regresaría pronto.

«Capítulo 14»

La frontera

P. ¿Qué tan efectivo es el muro en la frontera sur de Estados Unidos?
R. En 2017, se ordenó la construcción de la sustitución y reparación del muro. Se construyeron nuevas barreras, algunas de 9 metros de altura, en lugares donde antes no las había. Su eficacia no es concluyente.

Un presentimiento invadió a Sofía. «Cómo sabremos si dice la verdad? ¿Cómo sabremos si es cierto que nuestra madre ha pagado el dinero? ¿Será otro intento astuto de Edwin de agredir sexualmente a una de nosotras, o a las dos? ¿De verdad nos haría daño físico? ¿Acabaremos muertas también?»

Ella y Carmen se miraron y se preguntaron si podían confiar en él.

——Creo que esto podría ser una estrategia para separarnos de los demás ——dijo Sofía——. Si te sientes bien segura, entonces confiaré en tu intuición.

——No te preocupes. Sé qué hacer si es así, ——respondió Carmen en voz baja.

Y con una rápida mirada a los demás y una oración al hombre de los cielos, acordaron irse con el asqueroso taxista.

——Seguro que estamos a unos cinco o diez minutos del muro ——le susurró a Carmen——. A ver cuánto tarda en llevarnos. Si viajamos más tiempo que eso, entonces llevamos a cabo el plan B. Por si acaso, las dos gritaremos porque sabremos que él no nos llevara a la frontera, ¿Sí?

Mientras se despedían de prisa, Jessica y Santiago les aseguraron que ellos también tenían un plan.

——Hicimos un pacto para permanecer siempre juntos, y cuando nos toque ir a la frontera, nos iremos juntos ——afirmó Jessica——. Así, nadie estará solo con Edwin. Nosotros también estamos dispuestos a llamar a la policía antes de ceder ante las agresiones sexuales y el secretismo para protegerlo *a él*. Sofía sonrió aliviada.

Momentos después, sudando profusamente, Sofía y Carmen, con Carmelita a cuestas, salieron del hotel al sol abrasador de la tarde. Subieron a su taxi, nerviosas y emocionadas, pero preguntándose qué sucedería después.

——No olviden, cuando las deje, buscan el hueco abierto en la pared ——Edwin les indicó de nuevo——. Por ahí cruzarán a Estados Unidos.

Sofía no perdía de vista al tiempo. El coyote condujo exactamente trece minutos.

——Voy a reducir la velocidad porque ya llegamos ——les dijo. Redujo la velocidad al acercarse al lugar de entrega habitual. El coche se detuvo a pocos metros de donde debían bajarse. Al mirar por la ventanilla del taxi, vieron, para su sorpresa, que el hueco había sido tapado *por completo* con cemento fresco. ¡Ya había desaparecido el hueco! Lo repararon.

Lo rodeaba un muro nuevo y sólido de listones altos de acero reforzados con hormigón y varilla corrugada. Tenía alambre de púas recién colocado que envolvía la parte superior de las vigas. No se podía ver a través de él ni al otro lado.

Edwin entró en pánico. No sabía que lo habían cerrado desde su última entrega. Avanzando poco a poco por la carretera, condujo a paso de tortuga. Con cautela, buscaba y deseaba otro hueco u oportunidad de cruzar. Mientras tanto, vio por el retrovisor a la policía fronteriza mexicana siguiéndolo bien de cerca. De repente, las luces destellaron. La policía hizo sonar las sirenas y con un megáfono, le ordenaron que se detuviera.

Un nuevo bloqueo policial se formó justo delante de ellas. Su coche pronto tendría que detenerse por completo. Edwin echó un vistazo a dos grandes trozos de cemento ligeramente apilados cerca del muro recién reparado. Instó a las chicas a que se largaran.

—¡Ahora! ¡Largo! ¡Fuera! ——gritó——. ¡Salgan *ya* y *salten* el muro ustedes mismas! ¡Vamos! Hizo una pausa para reevaluar la situación

—¡Vamos, chicas ——continuó gritando——! ¡Vamos! Pueden subirse a ese bloque de cemento y luego saltar el muro ustedes mismas. ¡Y apúrense porque viene la policía!

Historias pasadas de cruces fronterizos pasaron por la mente de Sofía. Recordó cómo otros describían dónde habían cruzado, cómo lo habían hecho y lo que encontraría.

«¡Caminando! Podrás cruzar fácilmente. Alguien abre una barrera y puedes pasar... ¡Ja! ¡Qué broma!», pensó. Se reprendió por creerles. Todo este tiempo se había imaginado una especie de barrera por la que la gente entraría a Estados Unidos caminando.

«¡Una barrera!»

Ella se concentró.

«No es momento para bromas. ¡Nunca imaginé que llegaríamos hasta el final, solo para encontrarnos con una pared sólida de seis pies que teníamos que saltar! ¡Mentiras! Nadie mencionó que tendría que escalar un muro coronado con alambre de púas. No se supone que sea así ... ¡Esto no formaba parte del plan!»

Había anticipado que podría haber algo más aparte de una puerta. Aun así, Miguel le dijo por primera vez que la vida sería difícil una vez que llegaran a Estados Unidos. Ese detalle fue un shock total.

«Nadie había mencionado la posibilidad de que la frontera fuera un muro alto, difícil...si no imposible...de cruzar. ¿Qué *más* desconozco?»

Pero ya no había tiempo para pensar. Miró la pared alta y las palabras brotaron de su boca.

«¡Dios mío! ¿Cómo podemos hacer esto? ¿En qué estaría pensando Edwin?»

Mirando a su alrededor, supo que ni ella ni su hermanita Carmen eran lo suficientemente altas.

«Aunque pudiéramos, ¿cómo íbamos a traer a la bebé?»

Edwin ordenó por última vez mientras permanecían paralizadas en el asiento trasero.

—¡*Váyanse!*——les exhortó——. Si las atrapan ahora, los enviarán de vuelta. ¡Salten donde está ese bloque de cemento, o la policía las atrapará!

Solo llevaban una bolsita con el biberón, unos pañales y una mantita. No había nada más que cargar ni de qué preocuparse. Las sirenas de la policía sonaban cada vez más fuertes. Edwin conducía tan despacio que, sin dudarlo, saltaron del taxi. En segundos, esquivó la barricada y desapareció.

Se quedaron mirando la pared por una fracción de segundo y se dieron cuenta de que la policía estaba justo detrás de ellos con luces destellantes.

«¿Cómo?», Sofía seguía preguntándose.

Apoyada contra la pared había una tabla de cemento frente a ellas. Sin perder ni un segundo, Carmen entró en acción. Bajó a la bebé y corrió a hacer un puente con las manos.

—¡Tú primero! —Le gritó a su hermana. Hizo un gesto para que Sofía subiera por el sólido mural, con sus peligrosos alambres de púas enrollándose alrededor, para saludarlas.

Sofía saltó encima del tablón y se agarró a una de las fuertes barras que sobresalían. Puso el pie en la mano de Carmen y, cuando Carmen dio un fuerte empujón, subió. Se le engancharon los pantalones y el pie. Oyó el sonido de los pantalones al rasgarse, pero se cayó. Tenía las manos manchadas de sangre por haber saltado por encima y un zapato cayó al suelo. No importó. Lo logró.

«Esto no es un ensayo general. Por fin está sucediendo», pensó mientras negaba con la cabeza, incrédula. Ya a salvo del otro lado, había caído de espaldas al comprender sus palabras. Se sintió un poco mareada.

—¡La bolsa de pañales y la manta amortiguaron mi caída! ——le gritó a Carmen.

Las luces intermitentes y las sirenas seguían sonando cada vez más fuertes. La policía fronteriza bajó de su vehículo y se acercó rápidamente a Carmen. Con sus megáfonos blancos, repetían las advertencias.

—¡Agáchense! ¡Bájense de ahí *ahora mismo*! ——informaron——. Saben que esto es ilegal. ¡Somos la policía!

—¡Levántate! ——Carmen respondió a Sofía—. ¡Agarra a la bebé! Sus palabras despertaron a Sofía del mareo, y se puso de pie.

—*¡Agárrala, agárrala!* —repitió Carmen.

Sofía miró hacia arriba

——Hay un muro enorme entre nosotras ——respondió. Sofía no podía ver a Carmen, y Carmen no podía ver a Sofía.

—¿Cómo puedo verla? ——respondió histéricamente——. ¡No puedo ver! ¿Dónde estás? ¿Cómo sé dónde atraparla? ¡Si fallo, caerá muerta!

No había tiempo para pensar. Habían llegado tan lejos.

—¡¿*Dónde estás*?! —le suplicó a su hermana.

Carmen no esperó su respuesta. Calculando dónde estaría Sofía al otro lado, levantó a la bebé.

—¡Ahí viene! ¡Atrápala! —dijo.

No había tiempo para pensar. Sofía levantó la vista cuando Carmelita cayó en sus brazos.

—¡Atrapé a la bebé! ¡Atrapé a la bebé! —gritó profundamente. La dejó en el suelo un segundo y levantó la vista.

La pequeña Carmen, un poco más alta y mucho más ligera que Sofía, se incorporó y llegó volando por encima. Sofía se estiró y agarró el pie de Carmen justo cuando aterrizaba, justo a tiempo para evitar caer sobre la bebé. ¡Fue un milagro!

En tan solo unos minutos, las tres estaban del otro lado. Las sirenas de la policía y los megáfonos comenzaron a apagarse. Poco a poco, se hizo el silencio. Las hermanas se miraron y se abrazaron fuertemente.

—¡Atrapé a la bebé! ¡Atrapé a la bebé!" —repitió traumatizada. No pudo contener las lágrimas y cayó de rodillas llorando. Levantó la vista y dio gracias a Dios por su misericordia.

Era domingo 12 de febrero de 2017. Recogieron a la bebé y las tres, llenas de emoción, sollozaron. A pesar de la ropa rota y las heridas sangrantes, agradecieron haber llegado sanas y salvas al otro lado. Las tres se levantaron, aun llorando, y caminaron del brazo. En dos minutos, la Oficina de Inmigración de Estados Unidos se les acercó. Se secaron las lágrimas, se sacudieron el polvo y respiraron hondo, mientras se miraban.

—¿Y ahora qué? —se preguntaron.

«Capítulo 15»

Esperando ser liberadas

P. ¿Por qué las personas intimidan a otros?
R. Debido a la baja autoestima o a la inseguridad, algunas personas intimidan intencionalmente a otros para acosarlos y manipularlos, lo que les da una sensación de confianza y asertividad. Es importante recordar que no siempre eres responsable de los sentimientos que inspiras en los demás.

Minutos después de que Sofía, Carmen y Carmelita cruzaran la frontera hacia Estados Unidos, sin apenas tiempo para levantarse y sacudirse la ropa, la patrulla fronteriza estadounidense se acercó a ellas. Una lluvia de preguntas las azotó.

—¿Cómo te llamas? ¿Cuántos años tienes? —preguntaron en inglés.

—Mi nombre es Carmen. Tengo dieciocho años —respondió Carmen en español.

Sofía se quedó congelada.

—¿De dónde vienes?

—Guatemala.

—¿Tienen algún número de teléfono? ¿Quién sabe que están aquí?

Ambas guardaron silencio. Sofía estaba abrumada. Ni ella ni Carmen hablaban bien el inglés. Entendían algunas palabras y adivinaban el resto. Respondiendo lo mejor que podían, señalaban con el dedo, hacían gestos y estaban muy contentas de responder todo lo que podían, esta vez con sinceridad...Ya no había necesidad de mentir ni ocultar nada.

En una pequeña libreta, los hombres anotaron rápidamente lo que oyeron. Las escoltaron hasta la oficina de la patrulla fronteriza que estaba a solo cinco minutos a pie de donde aterrizaron. Las chicas se miraron y susurraron discretamente en español.

—Probablemente sean agentes de inmigración porque llevan uniformes *verdes*.

Al entrar al edificio, la mirada de Sofía recorrió todo el edificio, arriba y abajo, aquí y allá. Quedó fascinada por aquella habitación tan grande. Tenía la forma de un enorme rectángulo, rodeado de muchas habitaciones por todos lados. Ella estaba acostumbrada a lugares con solo una o dos habitaciones pequeñas y modestas.

«Son tantas puertas...Uno, dos, tres, cuatro, cinco...ocho...doce... ¡Dios mío! ¡Tantas Puertas!»

Intentó contarlas todas. Nada de este espacio gigantesco que encontró le dio pistas sobre dónde estaban ni qué estaba pasando. No pudieron leer ninguno de los letreros en las paredes. Les dijeron que se sentaran en bancos de metal.

Al poco rato, unos cinco agentes más de la patrulla fronteriza con uniformes verdes las rodearon. No había nadie sin uniforme, lo que puso nerviosa a Sofía.

«¿Dónde estaban todos los estadounidenses?», se preguntó.

Las hermanas permanecieron muy calladas. Uno de los patrulleros se acercó al dispensador de agua y llenó una taza con agua caliente. Ninguna de las muchachas había probado sopa en una taza así, pero estaban muy agradecidas. Tenían mucha hambre, así que sabía bien. Otro hombre les dio una cajita de jugo de frutas. Carmelita se lo bebió en un instante y tosía de vez en cuando. Todavía se estaba recuperando de los síntomas del virus que experimentó durante el viaje.

Poco a poco, los agentes se fueron, pero dos hombres permanecieron con ellas haciendo más preguntas. No había ninguna mujer oficial a la vista. Les pidieron a las chicas que se quitaran toda la ropa exterior, incluidos los zapatos. Revisaron las chaquetas, examinando la manta y la pequeña bolsa. Sofía observaba con curiosidad cómo revisaban meticulosamente el interior y el exterior de cada uno de los zapatos.

—¿Hay algo más que quieras mostrarnos? —le preguntaron repetidamente.

Sofía supuso que buscaban contrabando y siguió gesticulando con los hombros. Ya les quedaba muy poco encima.

«*No entiendo*».

Veinte minutos después, alguien nuevo entró en la sala. El ambiente cambió al instante. Este hombre hablaba principalmente inglés, pero también algo de español con un acento difícil de entender. Con el ceño fruncido, los ojos entrecerrados y un tono profundo y negativo, demandaba respuestas.

—¿Por qué están aquí? preguntó.

Repitió la pregunta, solo que esta vez mucho más alto en inglés.

—WHAT ARE YOU DOING HERE?

Carmen habló. Hizo todo lo posible por expresar que ella y su hermana anhelaban una vida mejor debido a la alta delincuencia en su país. Continuó, desesperada, intentando explicarlo con un inglés mal hablado, muchos gestos con las manos y un marcado acento guatemalteco.

—Mi novio hit me lot —explicaba—. Every day. He scream lot. He mother no mi like. I no money. He kill me. He take baby. He hurt me. He drink. He make me work hard. I cry. Mi mamá cry. I scare. Mi baby scare. No help... police no help. No care.

Negó con la cabeza y bajó la mirada.

—I no more, ya no...

Sabía que les sería difícil comprender, y aún más difícil para ella encontrar la forma correcta de expresar el abuso que sufría por parte del padre de su hija. Le costaba encontrar las palabras, pero sabía que tenía que seguir adelante.

Este hombre de uniforme verde no tuvo la menor paciencia para dejar que terminara. Con aires de confianza, las preguntas no paraban. Cada pregunta en inglés se hacía más fuerte.

—*DO YOU KNOW WHO DONALD J. TRUMP IS? DO YOU KNOW HE IS THE PRESIDENT OF THE UNITED STATES?!*

Carmen y Sofía eran dos jóvenes en un país extranjero, pero supieron de inmediato lo que era la discriminación. Su actitud se hizo evidente con el aumento del volumen de voz.

Los ojos de Sofía se fijaron en las manos del agente. Tenía la costumbre de ponerlas en sus caderas y meter los dedos debajo del cinturón mientras se balanceaba. Ella levantó la vista. Él apretó los labios mientras hablaba. Esto aumentó su miedo y empezó a temblar. No sabía si era el aire acondicionado frío que le recorría el cuerpo o si era este hombre. Sintió más pánico en ese momento que en cualquier otro momento de todo el viaje, incluyendo con Edwin, el taxista.

La conferencia se prolongó, explicando por qué su presidente "no quería *extranjeros* aquí". Como para presumir de las virtudes de su país, las cuestionó y las reprendió a la vez.

—*Ustedes* traen violencia, drogas y cosas malas a los estadounidenses —les dijo repetidamente—. Son mala gente y *no tienen* derecho de estar aquí.

Los llamó "extranjeras" una y otra vez.

—¿Saben que es *ilegal* que los extranjeros crucen la frontera? —cuestionó—. ¿Y saben *que puedo* enviarlas de regreso? Puedo enviarlas de regreso de donde sea de que hayan venido.

«Quiere asustarnos con todas sus fuerzas y está funcionando porque estoy muy asustada», pensó Sofía. Miró a su hermana en cuanto él hizo una pausa. Cuando sus ojos se encontraron con los de Carmen, se confirmaron mutuamente lo asustadas que estaban. Las lágrimas comenzaron a correr por el rostro de Carmen. Ella estaba cansada y derrotada.

«Quizás no se había explicado bien. ¿Quizás no les importaba?»

Carmelita no tenía ni idea de lo que pasaba y empezó a llorar con su mamá. Percibía la tensión en el ambiente. Sus emociones se desataron en cuanto vio llorar a su mamá y lloró como los bebés asustados. Sofía quiso llorar, pero algo la invadió y abrazó con fuerza a su hermana. Todo lo que él decía era preocupante. Desanimada, bajó la cabeza.

—¿No saben lo que dice nuestro presidente sobre *ustedes*? —agregó—. ¿No recibieron el mensaje sobre los ilegales?

Logró asustarlas. Llegó otro funcionario y, una vez más, el ambiente cambió.

Carmen se tranquilizó, pero las mismas preguntas volvieron a asaltarlas. Diferente del otro agente éste anotó la información en una computadora. Primero fueron dirigidas a Sofía, luego a Carmen, luego a Carmelita.

—Tú, chica, ¿cómo te llamas?

Sofía sintió un codazo de su hermana. Ella levantó la vista y respondió.

—Mi nombre es Sofía.

—¿De dónde eres?

—De Guatemala.

—¿Por qué estás aquí?

—¿Aquí? —repitió—. Luego pausaba...para acompañar a mi hermana...

¡Hermana! Se corrigió a sí misma, *My sister*.

—¿Adónde vas?

—Nuestra tia...Aunt Martina.

—¿Tienen nombres? ¿Números? ¿Documentos? ¿Papeles? —seguía preguntando en inglés.

Sofía no entendía. Hablaba demasiado rápido.

—Mi tía Martina, Aunt Martina —repitió su nombre—... Nueva York.

Les mostró el número de su tía; la tinta apenas se le notaba bajo el brazo. Agradeció que siguiera visible, pues había intentado conservarla con tanto cuidado cuando llegó a la orilla del último rancho.

Hablando en tono neutral, explicó lo que sucedería a continuación. Hablaba muy rápido. Sofía no pudo seguir lo que decía. Confundida, prefirió guardar silencio. No se atrevió a hacer preguntas en el único idioma que hablaba por miedo a más reacciones negativas. Era tarde, estaban exhaustas, sobre cargadas, tenían frío y aún eran muy jóvenes.

—Te quedarás aquí en Arizona en un albergue para menores mientras contactemos a tu tía Martina en Nueva York —continuó.

Sofía entendía "Tía Martina" y "Nueva York". Ella observaba cómo movía la boca y oía los sonidos que salían, pero no los entendía mucho.

Relató el proceso con tanta prisa. Casi no hubo pausas en su discurso mientras divagaba.

—Depende de cuánto tarde tu tía en responder con toda la documentación para poder decirte cuánto tiempo estarás en ese albergue. Una vez que te trasladen a Nueva York, tendrás que estudiar. Tendrás que comportarte, empezar una carrera y luego intentar obtener la tarjeta de residencia. Por supuesto, tendrás que ir a juicio, y el juez te hará muchas preguntas. Entonces dirá si puedes quedarte o irte.

Ella entendía la "escuela".

Luego llamó a Carmen y les repitió la información a ella y a Carmelita mientras Sofía permanecía quieta, observando. La habitación se enfriaba con el paso del tiempo. Los hombres recogieron todas sus chaquetas y pertenencias que las habían guardado en una taquilla detrás de una de esas habitaciones con puerta. No estaban acostumbradas a tanto frío.

 Una vez terminado el papeleo, el agente separó a las chicas acompañándolas por un largo pasillo hasta dos habitaciones muy frías con aire acondicionado. Su ropa ligera de verano no soportaba la temperatura de las habitaciones.

Respirando hondo, Sofía se permitió afrontar lentamente el hecho de que ahora estaba separada de su hermana y de la bebé. Le preocupaba adónde llevarían a su hermana. Se preguntó cómo le iría a Carmelita después de haber estado enferma y ahora sin chaqueta. Pensó en su edad.

«Me estoy acercando a los 16, es suficiente, ¿no?»

Repasó el largo paseo que acababan de dar por el pasillo, imaginando su entorno con todas las puertas y habitaciones una tras otra, como un enorme rompecabezas.

«Quizás, debería marcar exactamente dónde estoy en este edificio gigante, por si tengo que salir corriendo o encontrar a Carmen. Aun así, ¿dónde están los demás estadounidenses? Los demás migrantes... ¿Solamente nosotras?»

Tras unas tres horas de soledad, hubo otro cambio de turno. Una nueva tanda de agentes entró a trabajar. Esta vez, era una agente mujer. Al encontrar a Sofía acostada en el banco de cemento de la sala, se preocupó de inmediato.

—¿Te gustaría sentarte con tu hermana?

La agente amablemente la acompañó fuera de la habitación y entraron en el cuarto donde estaba Carmen. Sofía se quedó pasmada al darse cuenta de que Carmen y Carmelita habían estado en la habitación contigua a la suya todo el tiempo. Nada tenía sentido.

Las tres se acurrucaron juntas, temblando de frío. El aire frío las obligó a ser creativas. Utilizando cajas vacías guardadas en un rincón de la habitación, se abrazaron para entrar en calor. Disfrutaron de su ingenio.

A Sofía le dio curiosidad notar que esta habitación tenía una puerta de cristal.

—¡*Que se ve desde aquí!* —comentó a Carmen—. Nunca he visto una así. Seguro deberíamos ver a alguien ahí fuera, y quizás llamar su atención.

Se levantó y tocó, esperando ver si *alguien* venía a ver cómo estaban, pero no apareció nadie. —Nos ignoran —especuló Carmen.

Pasaron varias horas más. No estaba segura de cuántas. Perdió la cuenta entre el torrente de preguntas y el aire frío. No había reloj en la pared. Sentada en una habitación dentro de un edificio enorme, ella no podía calcular la hora sin ver la salida o la puesta del sol.

De repente, vieron a alguien conocido que era escoltado a su habitación. Era Jessica la salvadoreña y su pequeño niño. Sofía y Carmen estaban tan felices de tener a alguien a quien reconocer y que las reconociera. Su conversación estalló.

—¡Qué placer poder hablar en español y compartir detalles de cómo llegaste aquí después de que salimos del hotel fronterizo! —dijo Carmen.

Había mucho que ponerse al día. Su coyote también les había mentido a Jessica y a Santiago sobre una "forma fácil" de llegar al otro lado. Y al igual que Carmen y Sofía, describieron cómo los dejaron rápidamente cuando sonaron las sirenas de la policía.

—Con su habitual caballerosidad, Santiago me ayudó a saltar primero, probablemente usando esos mismos dos bloques de cemento y la varilla que sobresalía —explicó Jessica—. Luego, con cuidado, lanzó a mi hijo por encima del muro de cemento. Yo también recé para atraparlo mientras caía, pero fallé. Al extender la mano para cogerlo, ambos caímos al suelo. Su pequeño cuerpo, de alguna manera, aterrizó con solo un pequeño chichón en la cabeza. Santiago saltó rápidamente y solo por encima del alambre de púas. Lo logró con solamente unos cortes de alambre en las manos, los brazos y las piernas.

Jessica les mostró algunos cortes que se hizo con las espinas alambradas. No se parecían en nada a los de Sofía. Mientras contaba, Sofía y su hermana la escuchaban con asombro. Al igual que ella y Carmen, Jessica no tenía ni idea de dónde sacaron las fuerzas para alzar sus cuerpos por encima de lo que supusieron que era un muro de dos metros. Coincidieron en que el coraje debió de provenir de la necesidad de ayudar a sus bebés y darles un futuro mejor.

POR SALLY J. DORAN

—Dios seguramente le está recompensando a Santiago por su bondad al protegernos —comentó Jessica—. Después de que los hombres de uniforme verde me interrogaran, ¡a mí no me dieron sopa! Y también se llevaron todas mis pertenencias, todo menos la ropa que llevaba puesta. Nos separaron. A Santiago lo llevaron a otra habitación y no lo volví a ver desde entonces.

—Los ángeles amorosos han estado ayudando —negaron con la cabeza y coincidieron.

No había otra explicación.

La comida era lo último en lo que pensaban. Entre el frío gélido que sentían dentro de la habitación y los días sin comer mucho, solo ansiaban dos cosas: la calidez de una conversación y poderse ir. Jessica se abrazó a sí misma como un gesto para comunicarse con el guardia de seguridad de turno.

—Por favor, ¿chaqueta? —preguntó.

La chaqueta que llevaba no era muy abrigadora; era ligera para clima tropical. Esperaba sentir algo de ropa en contacto con la piel. El agente regresó y les entregó una chaqueta.

—Solo se permitía una.

Así que las tres mujeres y los dos bebés compartieron la chaqueta lo mejor que pudieron, junto con el cartón.

Más tarde esa noche, estaban cansados, somnolientos y agradecidos de estar reunidos con el calor de una chaqueta familiar. Un agente de patrulla entró y señaló a Jessica.

—DO YOU WANT TO GO TO YOUR FAMILY? —preguntó en inglés.

Todos se incorporaron de golpe, sentándose.

Sofía intentó comprender lo mejor que pudo la pregunta del agente.

«*Con suerte*, tal vez mi familia o mi tía respondieron con prontitud también a las preguntas de la patrulla fronteriza».

Se inclinó más cerca a ellos y repitió sus palabras con enojo y más fuerte.

—DO... YOU... WANT... TO... GO... TO... YOUR ... FAMILY? —preguntó en inglés en voz alta. Jessica saltó del apretado grupo y agarró a su hijo. Esa fue la última vez que ella o Carmen se vieron.

Una vez que Jessica se fue, otra persona con uniforme verde les trajo una manzana verde y una galleta con mantequilla de cacahuate. Sofía la inspeccionó, luego miró a Carmen.

—Nunca he probado una galleta con mantequilla de cacahuate —dijo—. Que yo sepa, en Guatemala solo los niños con desnutrición comen mantequilla de cacahuate. ¿Crees que deberíamos comerla?

—En esta situación, tengo miedo —respondió Carmen con preocupación—. ¿Qué pasa si Carmelita o yo nos enfermamos delante de esta gente?

Así que decidieron no comer la mantequilla de cacahuete. Comieron la manzana. Estaba agria, pero para ellas, era comida de verdad.

A medianoche, llamaron a "*Sofía López*" por un intercomunicador a todo volumen. Ella y Carmen se sobresaltaron, pero Carmelita seguía dormida en el regazo de Carmen. Sofía se sentó.

—*Ven aquí* —la llamaron.

—¿Qué dicen? —le preguntó a Carmen—. ¿Acaban de llamarme? ¿Qué quieren? ¿Se supone que debo ir a algún sitio? ¿Adónde? Le hizo un gesto a Carmen.

—Espérame ahí, vuelvo enseguida.

Miró por la puerta de cristal y vio a un agente de la patrulla fronteriza haciéndole señas para que saliera al vestíbulo. Le preguntó qué hora era señalando el reloj del hombre. Ahora ella podía ver la puerta principal del edificio y notó la oscuridad total.

—Es media noche —dijo en español.

Fue la última vez que vio a Carmen y a Carmelita. No se volvieron a ver en los meses siguientes.

«Capítulo 16»

¡La bebé se ha ido!

P. ¿Tienen otros países la Alerta Amber?

R. El sistema de Alerta Amber se utiliza en los 50 estados, el Distrito de Columbia, la Región Indígena, Puerto Rico, las Islas Vírgenes Estadounidenses y otros 27 países. Hasta el 31 de diciembre de 2024, se habían recuperado 1268 niños gracias a las Alertas Amber, 226 de ellos gracias a las Alertas Inalámbricas de Emergencia.

La madre de Gunner era astuta. Incluso despiadada. No le importaba adónde había ido Carmen. Quería que su nieta volviera a vivir con su hijo, donde creía que la bebé pertenecía. Reina y Gunner necesitaban una manera de averiguar *adónde* Carmen se había llevado a la bebé. Eso era todo lo que les importaba. El problema era que Betina seguía enfadada, guardaba rencor y se negaba a seguir comunicándose con ellos. Para entonces, todos los lazos estaban cortados.

Amargado y furioso, Gunner fue por última vez a la casa de Carmen para insistir que revelaran dónde estaban.

—¿*Dónde* está? —exigió saber—. ¿*Dónde* está mi hija? ¿Se fue *al norte*?

Betina se negó a abrir la puerta.

Gunner regresó a su casa y le declaró oficialmente la guerra a Carmen. Negándose a perder la batalla, Reina levantó una ceja y le aconsejó a Gunner.

—*No* vamos a perder más tiempo intentando comunicarnos con una familia que está por debajo de nosotros.

Hay un refrán común en los pequeños pueblos de Centroamérica. Sugiere que, si uno no ve a alguien que está acostumbrado a ver durante unas semanas o meses, naturalmente uno responde: "se fueron al norte". Un día se da cuenta de que no han visto a esta persona o a aquella persona por el pueblo en un tiempo, entonces uno asume que se fue al norte, a Norteamérica. Sucede todo el tiempo y todos entienden lo que significa "irse al norte". Puede ser su vecino al que solían ver todos los días desherbando su jardín, y de repente se dan cuenta de que no lo han visto por ahí. O el tipo que solía pasar rato en la esquina del supermercado ya no está por allí, uno piensa inmediatamente: "se fue al norte".

Reina decidió que la mejor manera de confirmar si su nieta y la joven habían ido al norte era llamando al hermano de Betina, su antiguo novio, Cecilio. Ideó un plan con Gunner, convencida de que Cecilio lo soltaría. Reina lo llamaría y lo incitaría a hablar, mientras que Gunner llamaría a las dos tías de Carmen que vivían en Estados Unidos: la tía Brenda y la tía Martina. Una de ellas seguramente sabría dónde se escondía su joven sobrina Carmen; con suerte, revelaría su paradero. El plan se puso en marcha.

Betina también era inteligente. Dejó claro a todos sus familiares de la zona, especialmente a su hermano, sabiendo que él seguía sintiendo afecto por Reina desde hacía años.

—Si Reina se pone en contacto contigo, *no debes* divulgar información sobre la situación bajo ninguna circunstancia —le advirtió.

Betina temía sus amenazas vengativas, que incluían a la policía, demandas y posibles lesiones corporales. Sabía que la ley no la protegería, ni le importaría lo que hicieran.

Desafortunadamente, Cecilio nunca dejó de añorar a Reina a pesar de que su romance fugaz terminó años atrás. Ella lo abandonó con el corazón frío y enfrió su amistad con las hermanas Martina, Betina y Brenda. Las hermanas no tomaron con agrado las acciones de Reina hacia su hermano, y así comenzó la mala vibra entre ellas. Con el tiempo, Brenda y Martina se mudaron a Estados Unidos, mientras que Betina permaneció en Guatemala. Aunque las mujeres ya no se relacionaban como antes, por respeto, se mantuvieron bastante cordiales hasta ese momento.

Para entonces, pasaron algunas semanas. Llegó el día en que Gunner se atrevió a llamar a la tía Brenda en Nueva Jersey, presionándola para que averiguara dónde se escondían su hija y su exnovia.

—¿Se fueron al norte? —insistió—. Pero *no* las veo. *No* las hemos visto, repetía. Instintivamente, ambos sabían lo que eso significaba. Indirectamente, él estaba diciendo que creía que se habían ido al norte, a Estados Unidos, posiblemente para quedarse con ella.

La tía Brenda estaba confundida y preocupada. No sabía dónde estaban Carmen y Carmelita, pero se dio cuenta de que algo pasaba. Betina no le había confesado a su hermana que había enviado a las niñas a cruzar la frontera. Cuando alguien se iba, simplemente no se lo comentaban a nadie, ni siquiera a los familiares. Esa era otra regla entendida. Brenda llamó inmediatamente a su hermana en Guatemala para que investigara. El plan de Reina los llevaría hacia la verdad.

Mientras tanto, como en una pequeña comunidad chismosa donde la curiosidad y los viejos amores no se apagan, y los rumores se propagan como reguero de pólvora, Reina llamó a su antiguo novio. Sabía que él le daría respuestas. Cecilio, por supuesto, ahora tenía la excusa para hablar con Reina. La enredadera triangular de escándalos y calumnias de San Marcos se hizo más profunda.

—¿Dónde está Carmen? —insistió Reina—. ¿Dónde está la bebé? ¿Se fueron al norte? ¡Hacía semanas que no las veía!

Reina insistió y provocó a Cecilio para que le dijera dónde su hijo Gunner podía encontrarlas...con profunda preocupación, por supuesto.

Cecilio lo sabía, pero no quería ser quien desobedeciera las órdenes de Betina. Pero, si le dijera estratégicamente a su hermana Brenda, sin duda *ella* se lo contaría a Reina, eludiendo así la culpa por haber incumplido su promesa. Al mismo tiempo, complaciendo a Reina, Cecilio esperaba congraciarse con ella y reavivar su romance. Ciego como él era, Reina tenía intenciones de venganza. Lo utilizó estrictamente para averiguar dónde residían Carmen y la bebé.

La política familiar se colaba entre las desesperadas llamadas de larga distancia. La tía Brenda, preocupada, finalmente se encargó de averiguarlo por sí misma. Desde Nueva Jersey se puso en marcha. Llamó a Betina, pero no descubrió nada. Betina tenía los labios sellados.

Luego llamó a su hermano Cecilio y lo presionó hasta que finalmente cedió y reveló los detalles.

—Sí, Betina las envió al norte.

No creía hacerle daño a nadie al revelarle ese detalle a su hermana favorita, con la esperanza de ganarse la confianza de Reina. Sabía que Brenda se lo comunicaría a Gunner y a Reina, por quien seguía sintiendo atracción en secreto.

Inmediatamente, Brenda sacó su teléfono y marcó el número de Gunner.

—Sí, fueron al norte.

Enfurecido, Gunner salió disparado de su casa y se dirigió directamente a la casa de Betina. De pie frente a la puerta, gritó a todo pulmón y la amenazó con violencia extrema. Iba a mandarlos a la cárcel por secuestro. Amenazó con presentar una demanda. Amenazó con activar una Alerta Amber para su hija, acusándola de negligencia y secuestro. Incluso amenazó con la muerte.

Encerrada en su casa, Betina fue cuidadosa con sus palabras.

—Por desgracia *para ti*, ya están en Estados Unidos y no puedes hacer nada al respecto —le gritó.

Tras muchos gritos, Gunner se retiró a su casa. Pero antes de irse, tuvo la última palabra.

—¡Juro que las traeré de vuelta a Guatemala, y esto *no* será lo último que me va a pasar! ¡Les haré pagar por esto!

El misterio se había resuelto y el secreto ya no estaba oculto. Ahora todos sabían la verdad.

Pasaron tres meses más antes de que Carmen se atreviera a contactar a Gunner y confesar que residían en Estados Unidos. Le rogó que olvidara a su hija Carmelita por todo el daño que les había causado. Por supuesto, Gunner manipuló sus palabras con destreza. Mintió y dijo que había cambiado y que les enviaría dinero para que regresaran. Gunner aprendió mucho de su madre, tentándolas de todas las maneras posibles para conseguir lo que quería. Pero Carmen se dio cuenta de sus mentiras.

—Creo que solamente dice cosas para vengarse de mí, para poder hacernos daño por el odio que guarda en su corazón ——les dijo a Sofía y a su madre.

Betina les recordaba durante sus conversaciones telefónicas...

—No lo olviden, él perdió el derecho a tener una familia cuando abusó de ustedes.

—Ya no puedes regresar —asintió Sofía—. Si te atreves, sabes que te hará daño o que él te hará matar. Tienes que quedarte aquí en Estados Unidos para protegerte.

—*Casi* me convence —le confesó Carmen a Sofía—. Tampoco estoy muy preparada para la vida que hemos encontrado en Estados Unidos. Me la imaginaba tan diferente, tan fácil. Comparando mi vida allá con mi nueva vida en Nueva York, me pregunto cuál de las dos es peor.

Por el choque cultural que estaba pasando, Carmen *casi* quería regresar.

Durante los primeros meses desde que Carmelita y Carmen llegaron a Estados Unidos, Gunner intentó algunos arrebatos más en la puerta de Betina...siempre sin previo aviso. Afirmaba que su hija y su nieta regresarían a Guatemala para estar con *él*. Amenazó con revelar su relación con los coyotes a la policía guatemalteca y con arrestarla. Le gritaba a quienquiera que estuviera dentro, causando un escándalo para los vecinos.

Una y otra vez, desesperado por venganza e incapaz de aceptar la derrota, las amenazas se intensificaron. Gunner recurrió a amenazas sobre el secuestro de Betina y a la desaparición de sus otras hijas. Con el tiempo, Betina supo que la intimidación y las amenazas de llamar a la policía eran infundadas porque nunca se materializaron. Estaba convencida de que a Gunner no le importaba lo suficiente, ya que él tampoco había cumplido con la Alerta Amber. Ignoró a él y a sus súplicas de recuperar a su exnovia y a su bebé, y no le dio ningún crédito.

Para entonces, Betina era impermeable. La intimidación constante le resbalaba como el agua resbala de la vaselina. Poco a poco, cesaron las amenazas, los golpes a la puerta y las acusaciones. Reina permitió que Gunner siguiera adelante.

«Capítulo 17»

Refugio temporal

P. ¿Dónde se quedan los niños cuando cruzan la frontera?
R. Dondequiera que los lleven.

Mientras una señora amable acompañaba a Sofía afuera, le explicó en español que la trasladarían a un albergue para menores. Sofía no sabía qué significaba eso, y su corazón empezó a palpitar, su respiración se aceleró y su estómago empezó a revolvérsele. La realidad que tanto había temido, se impuso: estaba físicamente separada de su hermana. Pero sí descubrió qué hora era. La luna le indicó que era muy tarde. Dos hombres le entregaron una pequeña maleta y su suéter, y en inglés, le dijeron: ¡Entra!

Se subió a un coche de la patrulla fronteriza que la esperaba frente al edificio. Se sentó en el asiento trasero. Al mirar a su alrededor, observó que todas las ventanas estaban cubiertas con hierro. Oyó el 'clic' y las puertas se cerraron con llave. Dos funcionarios iban sentados en el asiento delantero. Sofía iba sola en el asiento de atrás. Se sentía sudorosa por todas partes. Viajaron durante aproximadamente una hora para llegar al refugio.

«Dios Mío... Dios Te Salve María ... Padre Nuestro».

Sofía recitó tres oraciones especiales una y otra vez en su mente, tal como su madre le había enseñado en la iglesia. Mantenía los ojos abiertos y vigilante mientras oraba, con la esperanza de mantener su mente ocupada y no pensar en dónde estaba.

«Por favor, Dios, que no les pase nada a mi hermana ni a mi sobrina».

Una vez más, no sabía a dónde iba. Durante todo el trayecto, los dos patrulleros hablaron en inglés. No entendía ni una palabra. Se rieron mucho y tomaron mucho café. De vez en cuando, su mente se perdía en la oscuridad, reflexionando.

«Dos hombres... ¡algo terrible podría pasarme! ¿Qué haré encerrada aquí?»

Muchos pensamientos la atormentaban, pero sabía que debía volver a lo positivo porque iba de camino.

«¿Quizás me lleven a casa de mi tía Martina?»

Sabía que necesitaba convencerse de que todo estaría bien. Se contuvo las ganas de llorar. Sofía no se atrevía a llamar la atención de los dos desconocidos que estaban en el coche. No tardó en llorar mientras permanecía inmóvil, completamente congelada. Ni un músculo de su rostro se movía.

El coche finalmente se detuvo. Llegaron. Se limpió la cara y se secó las lágrimas antes de que se dieran cuenta. Una joven salió a recibirla a la puerta y la condujo al refugio.

—¿Cómo te llamas? —le preguntó.

Sofía oyó que el coche se alejaba. Tenía miedo de mirar atrás mientras daba un profundo suspiro de alivio temporal. Pero también oyó español... ¡La amable señora hablaba español! Le dio otra manzana verde, jugo, agua y un sándwich de mantequilla de cacahuete y mermelada. Para entonces, tenía un hambre voraz y se lo comió todo, sin saber aún *qué era* la mantequilla de cacahuete.

La joven, Terry, habló despacio y con cuidado mientras señalaba algunas prendas de ropa. Explicó lo que sucedería en los próximos uno o dos meses.

—Primero, te quedarás aquí hasta que tu tía complete todos los documentos necesarios, luego te trasladarán. Segundo, te limpiarás y recibirás ropa limpia: un uniforme de dos pantalones y cuatro camisas, ropa interior, sostenes y pantuflas. Tercero, compartirás habitación con tres chicas de más o menos tu misma edad, de entre 14 y 16 años. Y cuarto, asistirás a la escuela mientras estés aquí.

Por fin, todo tenía sentido. Sofía no pudo esperar más, y le hizo a Terry la pregunta que más le preocupaba.

—¿Sabes dónde está mi hermana?

—Como Carmen tiene unos dieciocho años y es madre de una bebé, la enviarán a otro albergue con circunstancias similares —continuó tras una pausa—. Cada caso es diferente; no vendrá aquí porque es madre soltera, así que, lamentablemente, irá a otro lugar y tú *no* podrás hablar con ella.

Sofía estaba muy asustada. Deseaba desesperadamente estar con su hermana.

—¿Cuánto tiempo estaré aquí? —volvió a preguntar.

—Para darte una idea, bueno, algunos han estado aquí unos cuatro meses —respondió Terry con una sonrisa cálida.

Sofía rompió a llorar.

—¡No puedo estar aquí *cuatro* meses! ¡Necesito a mi hermana!

Terry se acercó y le dio un fuerte abrazo. Mientras la abrazaba, le explicaba las reglas del albergue. Eso la tranquilizó.

—No te preocupes. Puedes llamar a casa quince minutos los lunes —continuó tras otra pausa larga—. Nos basamos en los apellidos de las menores. Se dividen según los días de la semana. Las llamadas de larga distancia son muy caras, así que el tiempo debe ser limitado... y como tu apellido empieza con la letra 'L', tienes que esperar hasta el lunes.

Se había convertido en una costumbre, una especie de rito de iniciación, que cada nueva persona que llegaba al refugio dejara sus huellas dactilares en la pared de la cafetería, junto a la sala de descanso infantil. Al entrar, almohadillas coloridas de tinta permanente para estampar esperaban a los recién llegados. Cada niño se mojaba los dedos, buscaba un lugar especial en la pared para marcar esa parte de su viaje y añadir a los cientos de huellas ya expuestas por la sala. Era increíble ver una tradición tan hermosa y conmovedora. Después de dejar su huella, Sofía encontró su habitación, se dio una ducha larga y contó los minutos para el lunes.

Al estar en un lugar nuevo con un baño moderno, Sofía no estaba familiarizada con las llaves de agua. Nadie le mencionó cómo funcionaban las manijas de la ducha. No sabía que había agua caliente, y con solo girar la perilla, se podía pasar de fría a tibia y caliente. En Guatemala, la mayoría de los lugares solo tenían agua corriente fría. Esto funcionaba bien para quienes vivían cerca de la línea ecuatoriana. Con un clima cálido, esperaba agua fría durante las duchas. Pero aquí, en este refugio, no sabía que necesitaba girar la perilla. Sofía se duchó durante las primeras semanas solo con agua fría. No fue hasta mucho después que descubrió por casualidad que podía tener agua caliente, simplemente girando una perilla.

La llegada del lunes estaba agobiando a Sofía, pero finalmente llegó. Le permitieron llamar a su madre por quince minutos. La última vez que Betina supo algo de sus hijas fue cuando el coyote llamó para solicitar la segunda mitad del pago por haberlas llevado a la frontera. No tenía ni idea de que si habían logrado cruzar. Usar el celular, especialmente una llamada de larga distancia desde Guatemala, le costaba a Betina más de lo que podía permitirse. Tenía poco contacto con su hermana Martina en Nueva York, y no había recibido información, así que las llamadas eran raras.

Cuando sonó su teléfono, Betina casi no reconoció la voz de su hija. Lloró de pura alegría durante los quince minutos.

—¿Dónde estás?" ¡¿Cómo estás?!

Sofía apenas podía pronunciar las palabras.

—¡Lo logramos! Llegamos a Estados Unidos. Estoy en un albergue. ¿Sabes algo de Carmen? ¿Dónde está Carmen? ¡¿La bebé?!

—No, —respondió Betina—. Aún no sé nada de ella. ¡Me alegra mucho que hayas llegado! ¿Qué pasó? Cuéntamelo *todo*.

——No te preocupes. No pasó nada en el camino. Estoy bien. Me están dando de comer. Tengo ropa que ponerme. Puedo llamarte todos los lunes hasta que tía Martina les consiga el papeleo. ¡*Te extraño*!

—Yo también te extraño! —le costó a Betina responder—. ¡Te quiero! ¡Me alegra tanto que estés bien!

Ninguna de ellas sabía dónde estaban Carmen y Carmelita. Tantas preguntas, y solo quince minutos, una vez a la semana. Era casi insoportable para ambas.

POR SALLY J. DORAN

La rutina de Sofía en el albergue era sencilla. Todos se levantaban a las 7:00 a. m., se cepillaban los dientes, desayunaban, formaban una fila con las niñas a un lado y los niños al otro, e iban a la escuela. Las clases de educación se impartían a diario en aulas improvisadas. Para ella, lo más destacado era aprender inglés básico y ver películas. El almuerzo era a la 1:00 p. m. con comida americana: hamburguesas con queso, chili y pasta. Las clases terminaban a las 3:00 p. m. Después, había bocadillos como galletas saladas, papas fritas, galletas dulces y siempre algo con mantequilla de cacahuete. Los menores podían caminar por el recinto y conversar. Las niñas y los niños debían mantener la distancia. Tenían prohibido tocarse, pero podían hablar. La cena era alrededor de las 7:00 p. m. Sus oraciones nocturnas eran constantes.

«Señor, extraño a mi familia, a mi hermana y a mi sobrina. Estoy muy agradecida por la oportunidad de quedarme en este refugio seguro y limpio mientras espero mi turno para ir a casa de mi tía. ¡Estoy agradecida de aprender inglés! Aunque no estoy acostumbrada a cenar tan tarde ni a comer comida estadounidense, creo que la estructura me viene bien. Soy consciente de que me apoyan, ¡y eso me hace sentir bienvenida! La mayoría de las personas que conozco aquí son bilingües-biculturales, por suerte para mí, ¡así que todavía me siento como en casa! Me tratan bien. Pero lo que espero con ilusión es la llamada semanal que puedo hacer a mi madre y la idea de reunirme con mi hermana. Por favor, que mi estancia en casa de mi tía sea agradable, no tan dura como dijo Miguel. Por favor, que el tiempo pase más rápido. Gracias. Amén».

La próxima vez que tuvo una llamada, Sofía le preguntó a Terry estratégicamente. Estaba orgullosa de sus esfuerzos por solucionar el problema.

—¿Puedo dividir mi tiempo: siete minutos con mi madre y siete minutos con mi tía Martina? Me muero por saber de mi hermana Carmen, y me pregunto si mi tía tendrá alguna idea.

—Desafortunadamente, dividir los minutos de las llamadas no es la regla aquí —respondió Terry—. Tendrás que firmar un documento declarando que has solicitado dividir tus minutos, y entonces podríamos permitírtelo.

Durante sus primeros siete minutos, la tía Martina habló con naturalidad y cordialidad.

—De hecho, *Sí*, hablé con Carmen y todo estuvo bien, pero está en un albergue para madres *solteras.*

Sofía era demasiado pequeña para haber conocido a su tía en persona. Intuitivamente, pareció una conversación incómoda para ella... eso la inquietó un poco.

«Pero es la hermana de mi madre, así que debería sentirme tranquila. Presiento que mi tía no está tan emocionada como pensé. Todo va según lo planeado, tal como Terry me explicó, y debería poder irme pronto. Estoy segura de que mi tía es tan encantadora como mamá. No tengo motivos para pensar lo contrario».

Siete minutos después, Sofía pudo decirle a su mamá que Carmen estaba bien. Desde entonces, siguió llamándola semanalmente desde el refugio.

«Nunca hay tiempo suficiente para hablar, pero no puedo hablar de nada negativo. Solo debo decirle a mamá las cosas buenas que pienso y siento. No quiero que se preocupe. *No* puedo».

POR SALLY J. DORAN

Sofía nunca hizo amigos duraderos en el refugio. Era tímida e introvertida; la mayor parte del tiempo reservada. Creía que el silencio era la forma de estar más segura. Era la mejor manera de obedecer todas las reglas. Logró intercambiar nombres con algunas chicas. La mayoría eran de países de Centroamérica y Sudamérica, pero ninguna de Guatemala. Con el tiempo, se prometieron que se encontrarían en Facebook.

«No me interesa mucho saber detalles de la vida de quienes conozco aquí. No quiero saber más de lo que puedo manejar. Supongo que todas son básicamente iguales a mí: fueron a la escuela, aprendieron inglés y consiguieron un trabajo. ¡Solo quiero saber de mi hermana! ¡Mi sobrina!»

Un día, después de unas cinco semanas, Sofía se encontró con Santiago en la sala de descanso infantil. Acababa de terminar de dejar sus huellas dactilares en la pared. Lo habían transferido de otro albergue mientras completaban sus conexiones en Estados Unidos. Estaban emocionados de verse.

—¡Sofía! —exclamó—. ¡¿Cómo estás?! Mientras estaba en el otro albergue, dos de los seis migrantes que viajaban con nosotros en el autobús turístico, se bajaron para cruzar el desierto... ¿recuerdas? Desafortunadamente, los atraparon y los deportaron.

Fue una noticia agridulce. Sin embargo, a Sofía le reconfortó saber que él estaba allí con ella y que habían llegado tan lejos.

Por fin llegó el día. Habían pasado casi dos meses de anhelo y espera. Interrumpiendo lo que se había convertido en su rutina diaria, Sofía escuchó la gran noticia por el intercom de un consejero que la llamó a la oficina principal. Todos sabían lo que significaba. Sin aliento, corrió a la oficina.

—¿Sabes por qué estás aquí? —preguntó sonriendo—. ¡Vas a vivir con tu familia!

Con una sonrisa de oreja a oreja, Sofía comprendió perfectamente lo que era 'familia'. Pensamientos de felicidad la invadieron. Saltó y aplaudió. No pudo contenerse.

—Una vez que salgas de aquí, recordarás con cariño tu tiempo aquí —explicó la consejera—. *No* será como tu vida en Guatemala. La vida fuera de este refugio en Estados Unidos será *diferente*. Será muy *difícil*.

—¿¿Qué??

Dejó de aplaudir por un momento. Ese último comentario le impactó profundamente. Recordó lo que también Miguel le había dicho y se asustó. Él le aconsejó: "Espero que llegues adonde quieres llegar, que todo te vaya bien y que no olvides a tu familia, si lo superas...tienes que prepararte mentalmente porque la vida va a ser dura...y es posible que sea peor". Todavía ella no había entendido ese consejo por completo, ni a qué se referían todos cuando hablaban de su futura vida en Estados Unidos, pero sabía que llevaba una gran verdad. Le confundieron los comentarios de "duro", "peor" y "Nunca olvides la vida que dejaste atrás en Guatemala".

«¿Por qué iba a olvidar a mi país? ¿Acaso no he trabajado siempre *duro*?»

Sofía no estaba segura de querer descubrir qué significaban los consejos, pero en un instante, borró esos pensamientos y dejó que la gran noticia penetrara en ella.

Una enorme sensación de libertad le recorrió por el cuerpo. Quería saltar de alegría. Sintió una felicidad inmensa al permitirse creer que saldría del refugio. Ansiaba conocer a su tía Martina. La expectativa había ido en aumento. Ansiaba poder contactarse con su madre *cualquier* día de la semana, no solo los lunes durante quince minutos. Se moría de ganas de saber más sobre dónde estaban Carmen y Carmelita. Sin duda, Santiago Apóstol y los ángeles que las habían ayudado a llegar tan lejos, las guiarían.

Sin embargo, en el fondo, Sofía sabía que lo que decía la consejera era cierto: que extrañaría una vez que saliera del albergue. Esperaba que la advertencia de la consejera sobre una vida difícil no fuera cierta. Aún no había vivido con su tía, así que no tenía nada con qué compararlo. No tenía ni idea de lo que le esperaba.

—Tu tía de Nueva York compró un boleto y te irás mañana —concluyó la consejera.

«¡*Mañana!*», Sofía imaginó.

«Terry dijo "*boleto*", ¿se refería a un boleto de coche o de autobús? Me pregunto, ¿cómo voy a llegar? ¡Espero que sea como el último autobús turístico con baño adentro! Eso es todo lo que he experimentado. No tengo ni idea en *dónde estoy* ni de la distancia de aquí hasta Nueva York, donde vive mi tía y no importa... ¡mañana lo sabré!»

Sofía estaba soñando con ir y dejó pasar los detalles.

Después de reunirse con la consejera, regresó a clase y presumió ante algunos de sus compañeros de que ¡*por fin era* su turno! ¡Ahora sí que *se* iría! Todos la felicitaron. No había mucho que decirles, salvo adiós y buena suerte. El tiempo voló esa tarde; las luces siempre se apagaban a las 10:00 p.m. en el refugio. Dando vueltas en la cama, no durmió bien. Alguien la despertó a las 4:00 de la mañana para que se fuera. Se dio una ducha rápida y giró la llave de la ducha a 'caliente' con maestría. Se cambió de ropa, dejando su uniforme cuidadosamente doblado sobre la cama. Su ropa vieja de Guatemala ya estaba empacada en una pequeña bolsa para llevársela. Siete personas más también tuvieron la suerte de partir esa mañana. Brillaba el sol.

—Se les asignó un guía a cada uno de los siete menores que viajarían al aeropuerto hoy —explicó Terry—. Los guías los llevarán al aeropuerto y luego directamente a sus puertas de embarque. Cada uno viaja a un destino diferente, dependiendo de dónde residan sus familiares.

Sus advertencias eran serias.

—El aeropuerto está lleno de gente... ¡*nunca* se separen de su guía! ¡Se perderán si lo hacen! ¡Si su guía va rápido, ustedes van rápido! ¡Si va lento, ustedes van lento!

En cuanto Terry dijo 'aeropuerto', Sofía se dio cuenta *de cómo* llegaría a casa de su tía: ¡en un avión de verdad! Solo conocía un aeropuerto en Guatemala, y no mucha gente vuela. Naturalmente, no tenía experiencia ni las entendía.

«Me siento tan ignorante. Nunca he volado y todavía no tengo ni idea dónde está ubicado este refugio en la tierra comparado con dónde está la casa de mi tía, ni cuánto tomará en llegar allá». Sin embargo, una extraña sensación la invadió.

«Pero ya las cosas tienen más sentido». Se llenó de emoción.

—¡Guau! ¡Voy en avión! —exclamó en voz alta.

Esa mañana, lentamente, dejó que la realidad se asentara. «Voy a ir en avión, algo que solo he visto en libros ilustrados».

Quería saborear el momento que probablemente nunca volvería a tener. Los siete afortunados menores subieron a una camioneta y luego a un tren, que los llevó directamente al aeropuerto para su vuelo a su destino final. Todo transcurrió sin contratiempos. Momentos después, le asignaron una azafata que los cuidaría durante el vuelo.

—No te separes de la azafata —le dijo el guía—. Te llevará a tu punto de espera en Chicago. Haz lo que te dicen. Te perderás si no lo haces. ¡Quédate cerca de ella!

La última advertencia que escuchó Sofía con alegría. Ella estaba demasiado emocionada por volar como para preocuparse. No iba a perder de vista a su guía. Miraba el reloj y seguía la cuenta. Pasaba rápido. Chicago estaba a unas tres horas de Arizona.

En la sala VIP del aeropuerto de Chicago, el altavoz la llamó por su nombre para su vuelo de conexión a Rochester, Nueva York: "Sofía López". Pero el problema fue que la llamaron con acento estadounidense y Sofía no entendió que se referían a ella. De nuevo, la llamaron: "Sofía López". Ella seguía sin entenderlo.

Por fin, alguien se acercó y en inglés, le preguntó su nombre. Sofía no entendió la pregunta. La azafata repitió en su mejor español, haciendo un gesto con la mano.

—¿Tu nombre? —preguntó e hizo un gesto con las manos—. ¿Eres Sofía?

Sofía se encogió de hombros y juntas subieron al avión.

—¿Vas a ver a tu familia? —volvió a preguntar la azafata. Sofía simplemente sonrió.

En el avión recibió comida. Felizmente, seguía sin entender nada. Cada vez que el piloto aparecía en el intercom, saltaba en su asiento. Alrededor de su cuello llevaba un cordón con su nombre, el vuelo y el destino. Eso era todo lo que le importaba.

Al aterrizar, la recibió alguien en Rochester que le hablaba español y le hizo firmar unos papeles para confirmar que había llegado.

Para entonces, la tía de Sofía tenía toda la información del vuelo y sabía dónde buscarla. El refugio confirmó que su tía estaría en el vestíbulo del aeropuerto esperando su llegada. Cuando Sofía cruzó la puerta, vio de inmediato a Carmen y Carmelita. Sus miradas se cruzaron y salieron corriendo una hacia la otra. Se abrazaron con más fuerza que nunca.

Sofía rompió a llorar.

—¡Hermana! ¡Mi querida hermana!

Se aferró con tanta fuerza. Habría sido imposible separarlas. No iba a dejar ir a su hermana.

—¡No tenía *ni idea* de que ibas a estar aquí!

Por pura casualidad, Carmen y Carmelita llegaron unas semanas antes. Solo habían pasado quince días en el albergue por culpa de la bebé. Cuando Sofía por fin las soltó, se giró y le sonrió a su tía.

«Capítulo 18»

Una vida inesperada en EE. UU.

P. ¿Es real el sueño americano? ¿Es la vida en Los Estados Unidos un
paraíso de la felicidad?
R. Se rumorea que es verdad.

Si Betina hubiera sabido la realidad de la situación en Nueva York
o cuánto había cambiado su hermana Martina con los años, quizá
no les habría aconsejado a Carmen y Sofía que fueran allí. No se
habían mantenido en contacto tanto como ella hubiera deseado: las
llamadas de larga distancia eran caras. La gente se ocupa de su vida y
las prioridades cambian cuando la familia no está a la vista.

Entre sus respectivas situaciones económicas y el paso de los años,
su relación se había deteriorado. Martina escapó de su propia situación
desesperada hacía muchos años y encontró el camino a Nueva York.
Allí ascendió en la escala migratoria, forjó una nueva vida y de alguna manera, se convirtió en residente permanente y luego en ciudadana estadounidense. Martina se casó con un ciudadano esta-

dounidense-nicaragüense y para los efectos, vivía el próspero sueño americano. En ese momento, Betina pensó que ésta era la solución perfecta para Sofía, Carmen y su bebé.

La tía Martina estaba acompañada por sus cuatro hijas: Amaryllis, de 17 años, Daisy, de 13, Iris, de 9, Lily, de 5, y su hijo Florián, de 15. Todas llevaban nombres de flores para simbolizar su hermosa vida. Junto a su esposo Franco, todos subieron a su gran camioneta para recoger a Sofía en el aeropuerto.

Sin que Sofía lo supiera, Carmen y Carmelita habían pasado por el sistema de inmigración más rápido porque estaban albergadas en un lugar específicamente para madres solteras con bebés. Carmen no tenía forma de comunicárselo a Sofía, pero insistió en que ella y la bebé las incluyeran para darle la sorpresa a su hermana. Cuando se abrieron las puertas de pasajeros del aeropuerto, todas siguieron a Carmen. Emocionadas, siguieron el ejemplo de Carmen y se acurrucaron alrededor de su nueva prima, gritando primero en inglés, luego en español.

—Hi cousin! ¡Hola prima!

Hubo muchos abrazos y sonrisas, aunque no se conocían. Carmen, Carmelita y Sofía fueron los primeros familiares guatemaltecos que vinieron a vivir con Martina desde que salió de Guatemala. El encuentro con sus nuevas primas no duró mucho y rápidamente regresaron a la camioneta.

La tía Martina quería invitarlos a comer por la llegada de Sofía, así que fueron a Taco Bell. Sofía no sabía qué era Taco Bell. Le esperaban tantas experiencias nuevas: nuevos lugares, comidas, personas, objetos, vocabulario y mucho más que aprendería en los próximos meses.

No sabía qué pedir y le pidieron lo mismo que a todos: "chalupas". Eran muy diferentes a lo que llaman chalupas en Guatemala. No importó. Estaba muerta de hambre y se las devoró todas. Por fin estaba con su familia.

La tía Martina vivía en las afueras de Rochester, Nueva York, en un pueblo llamado Ketcher. Su casa no estaba cerca de una zona rural, pero tampoco en una ciudad ruidosa.

«Tantas casas alineadas, tan diferentes a mi tierra natal», pensó al entrar por la entrada de los autos. Carmen tomó a Sofía de la mano y exploraron la casa enseguida. Los primos la siguieron. ¡Era una casa larga, estilo rancho, con muchísimas habitaciones! Tenía tres dormitorios, cocina, sala y un baño para todos. Parecía la casa de sus sueños.

Aunque Martina no tenía WI-FI, Sofía se armó de valor y le preguntó si podía llamar a su mamá usando el teléfono de casa de su tía. Sabía que su mamá en Guatemala estaría esperando ansiosa la llamada.

Betina no sabía cuándo, pero sabía que sería pronto, porque Carmen la había llamado ese mismo día para contarle la noticia de la llegada de Sofía. Cuando Betina contestó el teléfono, ni ella ni Sofía pudieron hablar. En cambio, lloraron de pura alegría y alivio. El amor que sentían las dejó sin palabras.

Esa noche, Sofía durmió en una habitación con Carmen, una de sus nuevas primitas, y Carmelita. Las cuatro se acurrucaron en una cama. Se sentían de maravilla. La tía Martina no tenía una cama extra para ella, pero a Sofía no le importó en absoluto. Estaba contenta de volver a estar con su hermana. Estaba encantada de poder contactar a su madre cualquier día de la semana, tranquilizándola así. Cuando apoyó la cabeza en la almohada, tranquila y feliz, su rostro sonrió de pura alegría. Casa nueva, clima nuevo, comida nueva, entorno nuevo. Pensó que su vida iba a ser maravillosa. Sin duda, lo peor ya había pasado.

Sin embargo, no pegó ojo esa noche ni en muchas noches y meses posteriores. Era finales de marzo y afuera nevaba. Su mente revivió la cena que habían comido en Taco Bell.

«Probablemente pasará un tiempo antes de que pueda probar comida casera como la que preparaba mi mamá en Guatemala». Con sueño, se esforzó por reprimir las intuiciones y sensaciones de que algo no andaba bien. Estas la acosaban con fuerza e interrumpían su descanso.

Hubo señales de alerta desde el principio. Los incesantes comentarios de la tía Martina, que compartía con un tono cortante y crítico:

"¡Cuando entres a *esta* casa, tendrás que quitarte los zapatos!"

"Cuando vivas en *mi* casa, ¡tendrás que poner todo en su lugar *inmediatamente!*"

"*Aquí* va a estar *muy* limpio... ¡no como en Guatemala!"

"Aquí estarás bien, irás a la escuela, comerás y dormirás bien".

"¡No puedes hacer mucho ruido y andar por ahí dejando desastres por todos lados, especialmente Carmelita!"

"Carmen, ¡tienes que asegurarte de que *tu* hija no deje ningún juguete tirado por ahí!"

"¡Tienes que hacer tus tareas, ayudar y respetar a los demás que han hecho cosas *por ti!*"

"¡Estarás agradecido por *cada* oportunidad que se te ha brindado aquí!"

"Carmen conseguirá trabajo enseguida, y *tú,* Sofía, ¡irás a la escuela, estudiarás mucho y sacarás buenas notas!"

"Irás a la iglesia con nosotros, *sin citas,* ¡y apagarás las luces temprano todas las noches!"

"¡Cocinarás tu propia comida, lavarás tu propia ropa y mantendrás tu habitación ordenada!"

Una y otra vez, la tía Martina repetía las reglas de la casa. Carmen, que ya llevaba viviendo allí unas semanas, miró a Sofía rápidamente y le indicó con un gesto que la ignorara. A Sofía le parecieron desconcertantes y duros los comentarios de su tía. Aunque era hermana de su madre, no tardó mucho en darse cuenta de que no se parecían en nada.

«Siempre que mi tía habla, parece que nos desprecia a nosotras y a todos en casa».

Sentía que la tía Martina intentaba hacerles cambiar de opinión sobre cómo era Guatemala.

«¿Era posible que mi tía nos menospreciara mientras se presentaba a sí misma y a sus hijos como de una clase alta?»

Confundida, Sofía cuestionó su pasado.

«¿Es cierto que Carmen y yo provenimos de una clase baja de guatemaltecos? ¿Quizás nuestra propia madre no nos había dicho la verdad?... Estoy segura de que la mayoría de los guatemaltecos valoran la honestidad, la familia, el honor, el trabajo y la educación... excepto quizás Gunner y su madre. Mi experiencia me ha demostrado que la gente de mi país es amable y le gusta encontrarles el humor a las situaciones, no como mi tía...En la cultura guatemalteca, recuerdo visitar y honrar a amigos y familiares, eso era importante y significativo».

Sofía reflexionó sobre las palabras de su tía.

«¡Tendrás que aprender inglés! ¡Es mucho mejor aquí que en Guatemala! ¡Tu futuro aquí será como un paraíso perfecto, porque te voy a ayudar!».

Pero lo que la tía Martina *no* les dijo fue que, con el tiempo, cada uno de ellos tendría que trabajar duro en la casa, conseguir trabajo y pagar todos los gastos de su tía, con intereses.

Sofía originalmente esperaba un paraíso, una vida perfecta en Estados Unidos, una vez que cruzara la frontera. Eso era lo que todos decían. Sofía creía en lo que le decían. Todos en su pequeño pueblo creían en el sueño americano. Tan joven e ingenua, aceptó el reto de dejar su país, pensando que honraría a su madre y apoyaría a su hermana que necesitaba escapar. En ese momento, Sofía comprendió que podría estudiar, trabajar y ayudar a su familia en Guatemala, viviendo en armonía bajo el techo de su tía. Sentía que los sacrificios que haría le darían una gran satisfacción y honrarían a su familia, especialmente si podía enviar dinero a su madre de vez en cuando para demostrarle que lo había logrado.

Lo que estaba aprendiendo era que el sueño americano existía, y que podría ser la tierra de las oportunidades para algunos, pero no era la tierra de la felicidad.

«Capítulo 19»

La disputa explosiva

P. ¿Cuánto tiempo puedes vivir con alguien antes de tener una discusión o disputa?

R. Dependiendo del objetivo de uno, discutir puede ser saludable en cualquier relación. Hay una diferencia entre una pelea verbal y tener una discusión sana. Las disputas que buscan ganar y demostrarle a la otra persona que está equivocada son tóxicas.

«No me siento mal por obedecer todas las reglas ni por trabajar duro. Simplemente me siento fuera de lugar. Puedo aceptar que Carmen y yo vivamos ahora bajo el techo de nuestra tía, y que ella se haya sacrificado para pagar nuestra estancia. Para mí, es poca cosa tener todo en casa limpio y en su lugar como exige nuestra tía. Mis primos me hablan en inglés, y no entiendo mucho, pero pronto hablaré como ellos. ¡También agradezco los abrazos y el cariño que recibo de mis primos! Limpiar y hacer lo que insiste tía Martina es una pequeña petición por tener clases de inglés gratis».

Sofía sonrió.

Solo pasaron unos dos meses para que se produjera un gran alboroto. La tía Martina se enfocó primero en Carmen. Acusó sin cesar a la pequeña Carmelita de sus desastres, el constante rastro de juguetes y el desorden inquietante e insoportable que había en la casa.

—¡Corre por todas partes! —exclamó—. ¡Sus juguetes están por todas partes! ¡Nunca termina de comer su comida! ¡No tiene disciplina!

Carmen defendió a su hijita.

—A veces los niños comen y dejan el resto en el plato.

Pero la tía Martina no lo permitió. La regla era: si Carmelita dejaba algo en el plato, Carmen misma debía terminarse comer la comida. *Punto*.

—¡Nadie va a ser desagradecida en esta casa! —respondía. Sin variar, era su expresión predilecta.

Sofía siempre se quedaba cerca observando los comentarios, y cómo picaban a Carmen.

«¡Es injusto! ¡Tía Martina tiene a su propia Lily de cinco años, irónicamente haciendo lo mismo! ¿Cómo es que ella puede pasar desapercibida?»

Sofía miró a su alrededor y contó los pocos juguetes que tenía Carmelita. Nunca había mucho que recoger. No tenía sentido. Mientras Carmen intentaba defender a su hija, la tensión se agudizaba. Sofía pensó que era mejor callarse y observó en silencio cómo su tía trataba a su hermana: peleando y quejándose sin parar.

Carmen reaccionó distinto a Sofía. No se contuvo en la defensa de su hija.

—Tía, ¿qué quieres que haga? —dijo con miedo—. *¡Es solo una niña!*

Sofía quería desesperadamente apoyar a su hermana, pero tenía miedo de hablar. Intentaba compensarlo limpiando cada vez que veía algo que pudiera molestar a su tía. La situación de Carmen empeoró rápidamente porque nada era suficiente.

La tía Martina no le asignaba a Sofía ninguna tarea específica más allá de las reglas generales de cocinar para sí misma, mantener todo limpio y dejar su habitación ordenada. Sofía nunca supo qué significaba eso exactamente, así que siempre buscaba algo que limpiar con la esperanza de que su tía no dijera nada negativo sobre ella. Al igual que Carmen, estaba sinceramente agradecida por la comida y el techo, aunque en el fondo llegó a comprender que nada le estaría bien a la tía Martina.

Carmen y Sofía no le ocultaron nada a Betina. Llamaban a su mamá del teléfono de la tía cuando ella no estaba en casa. Le contaban de la gritería, las quejas constantes y la negatividad inexplicable contra los guatemaltecos. Sin embargo, cuando tía Martina llamaba a Betina para contarle cómo estaban las niñas, nunca mencionaba cómo discutían y las peleas verbales. En cambio, le decía que Sofía pronto iría a la escuela y que estaba muy feliz viviendo en Estados Unidos.

A veces Sofía y Carmen oían esas conversaciones entre su mamá y su tía, y se quedaban mirándose mientras negaban con la cabeza, incrédulas. Martina lo ocultaba todo.

«¿Por qué haría eso?», pensó Sofía.

Durante varios meses, Betina respondió a los informes de Martina como si no supiera nada. Pero siempre que podía hablar con sus hijas aparte, confiaba en lo que decían.

—Esfuércense más, simplemente crean en el destino —les aconsejaba—. Y ¡Tengan fe, oren!

Betina reiteraba lo que sus hijas ya sabían: era tan difícil y costoso llevarlas allí que tal vez con el tiempo, la situación se calmaría y Martina sería más comprensiva.

Al poco tiempo, Carmen encontró trabajo en el turno diurno en una procesadora de leche. Contrataban regularmente a migrantes de la zona, muchos de ellos de forma discreta. Carmen les pedía a sus nuevos conocidos que la llevaran en coche y les pagaba el transporte con sus ganancias. Tía Martina y su esposo trabajaban en fábricas similares, así que no tenía otra forma de llegar al trabajo. Sofía cuidaba a Carmelita hasta que se matriculara en la escuela.

Sofía comenzaría la preparatoria local en mayo, casi al final del año escolar ya. Tardó casi dos meses desde su llegada en recibir su expediente académico de Guatemala. No era mucho tiempo, pero era el plan. Tía Martina se tomó unas horas libres del trabajo para llevar a Sofía a inscribirla en clases. Se enteró de que un estudiante no puede inscribirse sin el chequeo médico, las vacunas y el expediente académico. Todo esto la dejó resentida y estresada.

Aunque la tía le dijo a Sofía que podía comer lo que quisiera mientras cuidaba niños en casa, el temor de que no fuera cierto hizo que Sofía prefiriera pasar hambre. Podía oír las palabras de su tía en su mente...

«¿De qué es este envoltorio de comida? ¿Y estas migas en la encimera? ¿Tomaste algo de la alacena? ¿Cuántas tomaste?" ¿Dónde están las manzanas que dejé ayer en la mesa?»

Pensó que era mejor no comer ni tocar nada en casa de su tía por miedo a otra reprimenda. Se sentía incómoda y molesta, como una carga, algo a lo que definitivamente no estaba acostumbrada.

Sofía reflexionó sobre las personas con las que interactuó durante su viaje hasta aquí. ¡Eran más generosas que su tía!

«No tiene sentido que mi propia familia nos trate así. Mi tía se forjó un camino para ella y su familia. Ha pasado por lo mismo desde Guatemala, a ser una inmigrante indocumentada en este país, hasta su estatus actual. Debería ser más compasiva y comprensiva después de haber pasado por eso... pero, en cambio, es como si hubiera usado la idea de "ayudar a sus sobrinas" como una plataforma para presumir. Ella espera ser elogiada por esto y espera que todos los demás estén a su altura. No lo entiendo».

Con un profundo suspiro, reconoció que se enojaba.

«Aun así, estoy agradecida y seguiré adelante recordándome los deseos de mi madre y todo lo que Carmen y yo hemos pasado para llegar hasta aquí».

A la hora de dormir, cuando Carmen llegaba del trabajo, conversaban sobre su día. Inevitablemente, la tía intervenía y de nuevo les daba órdenes y reglas de la casa.

—¡Bajen el volumen! ¡Apaguen las luces! ¡Si no les gusta, siempre puedo llamar a inmigración!

Susurrándose bajo las sábanas, recordaban y comparaban todo el ruido y la mágica vida nocturna tropical que oían en San Marcos. Aquí, a altas horas de la noche, *no* había ruido, *solo* silencio absoluto y la nieve helada. No pasaba ni un solo coche.

Era una constante reiteración de lo mismo... siempre se mencionaba... "cuánto cuestan las cosas"..."el dinero no es gratis" ...y... "se te han dado oportunidades". Aunque tía Martina nunca dijo directamente que no eran lo suficientemente buenas, inteligentes, valientes, ni siquiera que eran parte de la familia, siempre existía la sensación de que estaban haciendo algo mal. Ninguna se sentía apoyada ni motivada. Les faltaba tanto del estímulo externo como de la inspiración interna que necesitaban. Querían creer con confianza que todo saldría bien. Sofía anhelaba oír a su tía decirle que triunfaría y que algún día tendría su propio paraíso viviendo en Estados Unidos, algo que antes creía cierto.

Las cosas parecían volverse cada vez más difíciles—no más fáciles—como todos (excepto Miguel y Terry), habían prometido. Su inglés era prácticamente inexistente. Sofía escuchaba a sus primos parlotear en inglés. Los envidiaba.

«¿Cómo podríamos Carmen y yo llegar a ser alguien en la vida? ¿Quién nos ayudaría ahora?»

Fue entonces cuando empezaron a cuestionarse profundamente por qué habían venido. Para entonces, Sofía seguía rezando, pero casi todas las noches lloraba hasta quedarse dormida.

Después de unos cuatro meses, Sofía por fin pudo ir a la preparatoria. Carmelita se matriculó en la guardería justo frente a la casa. Pero como siempre, la tía seguía dando órdenes a Sofía.

—¡Limpia esto! —le mandaba—. ¡Recoge aquello! ¡Ve a buscar a Carmelita de la niñera hasta que Carmen llegue del trabajo!

Ella siempre obedecía y preparaba su propia comida según las instrucciones. Carmen llegaba alrededor de las 5:30 p.m. Habían establecido una rutina. Martina cocinaba para el resto de la familia al llegar a casa. Sofía cocinaba para ella y Carmen. Sofía quería creer que era la falta de confianza en sus habilidades y no otra cosa.

Una noche, cuando llegó su tía, gritó: "¡*No aguanto más*!" Por alguna razón, ella estaba furiosa. Sofía había lavado los platos y aspirado la sala esa tarde, pero según su tía, "¡no se había hecho *nada*!"

Como sucedió, Carmen estuvo trabajando horas extra hasta las 8:00 p. m. Tío Franco había llevado a su hija mayor a la escuela bíblica. Martina estaba que echaba chispas. Le gritó a Sofía y acusó a Carmen de salir después del trabajo a acostarse con los compañeros que conocía.

—¡Es madre de una bebé! —exclamó—. ¡No está haciendo nada bien! ¿Sabes dónde está ahora mismo?

Sofía se quedó paralizada, pero sabía que tenía que responder.

—Está en el trabajo —dijo—. Tuvo que trabajar hasta tarde.

—¡No! Va a salir de fiesta después del trabajo en lugar de venir directamente a casa. No está atendiendo a su bebé ni a su futuro. ¡Ya sabes cómo son las cosas en esta casa! Sabes con quién está, ¿verdad?

Sofía no sabía qué decir, porque sinceramente no entendía de dónde venía el enojo. Pero sí reconocía que la lista de sus faltas era interminable. Hablaba mal de su hermana.

Martina se había puesto furiosa intentando demostrarle a Sofía que sus acusaciones eran ciertas. Volvió a subirse al coche y se dirigió al trabajo de Carmen. Quería pillar a Carmen en una mentira—de que en realidad estaba de fiesta, saliendo con hombres en lugar de trabajar.

Pero Carmen ya había salido del trabajo y estaba en camino a casa. Cuando llegó su tía, los de la fábrica confirmaron que sí había estado trabajando, pero que Carmen acababa de marcharse. Disgustada, Martina se dio la vuelta para regresar a casa. Para entonces, Carmen ya estaba en casa. Sofía tuvo solo unos minutos para ponerla al corriente. Carmen ya era consciente del volcán que estaba a punto de entrar en erupción.

Tía Martina entró por la puerta y empezaron a llover acusaciones. Carmen se esforzó por defenderse.

—Estoy trabajando duro para pagar mi deuda contigo, mi madre y para pagar a la niñera —respondió—. Incluso tengo que pagarle a un compañero para que me lleve al trabajo. ¡Hago lo que puedo!

Carmen nunca antes había visto ese lado enojado de su tía. Su cara estaba roja y contraída, con las cejas apretadas y los ojos entrecerrados.

En un momento dado durante la disputa, Martina intentó engañar a Carmen, mintiéndole de que acababa de salir de la fábrica y que sus compañeros habían dicho que "Sí, se fue *con un hombre*". Martina esperaba que Carmen dijera algo incriminatorio y que sus acusaciones fueran ciertas.

Ahora le tocó a Carmen enfurecerse.

—¡Todos los días es una pelea! —arremetió—. ¡Nunca estás satisfecha! Todos los días dices: "¡*Recoge eso!*" o "¡*Tu hijita va a manchar nuestros muebles!*" o "¡*Mira qué desastre!*" No confías en mí y me dices, "¡*Deja de andar por ahí haciendo cosas malas!*"

Pequeñas peleas cada día, día tras día, se acumulaban para Carmen. Así que, con valentía confrontó a su tía y le echó en cara.

—¡Te lo estás inventando! —la desafió—. ¡Volvamos a mi trabajo para demostrarlo! ¡O mejor aún, llama a mi compañera de trabajo Lydia, para confirmar que me acaba de traer a casa y que *no* había ningún hombre en el coche!

Martina se negó. Se mantuvo firme en su creencia. Para Carmen, los insultos, menosprecios y comentarios degradantes de la hermana de su madre eran demasiado. Pensaba que ya no había vuelta atrás y confrontó a su tía, enumerando con sarcasmo todas sus reglas.

—¡Las reglas, la falta de compasión y la falta total de apoyo hacen de esta casa un lugar *imposible* para vivir y prosperar! —le informó.

Martina respondió con lo que Carmen y Sofía habían sentido desde el principio.

—¡Ustedes comen aquí *gratis*! —exclamó—. ¡Viven aquí *sin pagar la renta*! ¡Deben respetar todas nuestras reglas! ¡Necesitan dinero para pagar sus deudas! ¡ y Carmen necesita mantenerse y mantener a su hija!

Era evidente que Martina siempre calculaba el costo de todo.

—Entre el vuelo, la comida y el costo de alojamiento durante tu estancia en mi casa, ¡he gastado al menos *$2000*! —exigió—. ¡Carmen, me lo devolverás *inmediatamente!* ¡No olvides que puedo entregarte a inmigración y te regresarán si no haces lo que te digo!

Durante toda la discusión, Carmen sostenía a Carmelita en sus brazos. Carmelita pasó de la alegría al miedo rápidamente. Los labios de su bebé no tardaron en temblar, y luego en un llanto estridente, propio de un bebé asustado. Sofía estaba allí, en la cocina, observando y escuchando. Como de costumbre, permaneció en silencio. No se atrevió a opinar. No sabía cómo hablar, pero en lugar de eso, le arrebató la bebé a su hermana y comenzó a acariciarle la espalda con la esperanza de consolarla.

Los gritos y alaridos continuaron como un partido de tenis hasta que Carmen llamó mentirosa a su tía.

—¡*Mientes*! —arremetió de nuevo—. Aunque saliera con alguien, ¿qué te importa? No quiero ser como *tú*. Si al final, *tú* estás saliendo con un dominicano a espaldas de Tío Franco. ¡Estás volcando *tus* indiscreciones en *mí*!

¡Reventó la bomba! La metafórica 'casa de cristal' se hizo añicos. La verdad salió a la luz. Carmen reveló abiertamente lo que *su tía* hacía. Martina se enfureció. Tan indignada por ese último comentario de una muchacha de dieciocho años, que intentó darle una bofetada en la cara con todas sus fuerzas. Casi la golpea, pero Carmen se agachó.

—¡Maldita aprovechada! —gritó Martina—. ¡No me vas a faltar el respeto!

—¡No me vas a tocar, porque si lo haces, te denunciaré! —replicó Carmen mientras daba un paso atrás. Eso significaría un gran problema para todos.

En ese momento, Daisy, la hija intermedia de Martina, entró y presenció la escena. Todos los ojos la miraron y al instante dejaron de pelear. Fue como si hubiera sonado la campana del ring de boxeo. Carmen se fue a su habitación a llorar mientras Sofía cargaba a la bebé y la acompañaba a su habitación compartida.

Tras un turno de doce horas, Carmen seguía sin comer por casi todo el día. Sollozaba tan fuerte que apenas podía respirar. Finalmente, después de unos minutos, habló con su hermana.

—Me voy —declaró.

Sofía abrió los ojos sorprendida. Intentó hacerla entrar en razón. Susurraban para que Martina no las oyera.

—Déjame recordarte todo lo que hemos pasado para llegar hasta aquí —respondió Sofía—. Acuérdate, No tienes a nadie ni dinero ahorrado. ¡No puedes irte!

—Lydia, mi amiga del trabajo, me buscará.

Sofía se esforzó por convencerla de que las cosas cambiarían para ella, repitiendo en vano cómo habían llegado tan lejos y arriesgado sus vidas—todo por una vida mejor.

—¡No puedes dejarme aquí sola! —suplicó Sofía.

Carmen se secó las lágrimas y miró a Sofía.

—¡*Ven* conmigo! —le dijo.

Pensando en el futuro, Sofía seguía traumatizada y temerosa de que inmigración la devolviera. Martina le había infundido mucho miedo durante los últimos meses. Desconocía las leyes de Nueva York. No sabía qué era lo correcto, mientras la voz de su hermana mayor en Guatemala resonaba en su cabeza...

«En caso de duda, no lo hagas».

Sofía tenía demasiado miedo, y quizás era demasiado joven, para soñar con una vida mejor en otro lugar... o contrariar a su tía. Se preguntaba si centrarse en sus objetivos comunes era más importante que ir en contra de ellos.

Finalmente, como una de las primeras decisiones que Sofía tomó en su transición desde Guatemala, decidió con valentía que era más seguro quedarse con Martina y dejar que Carmen siguiera adelante con su plan. Lo único que se le quedó grabado como cemento fueron las palabras de despedida de Miguel: "*Espero que llegues a donde quieres estar y que todo te vaya bien... no olvides a tu familia en casa si logras salir adelante*".

«Capítulo 20»

Es hora de seguir adelante

P. ¿Cuándo es el momento de seguir adelante?

R. Lo cierto es que saber el momento oportuno no facilita una decisión difícil—la claridad sí. Cuando se rompe la confianza y el respeto, entonces es el momento.

Eran las diez de la noche cuando otra amiga del trabajo de Carmen fue a recogerla. Carmen recogió todas las cosas de Carmelita. No tenían mucho. Sofía la observó con tristeza.

—¡Por favor, no te vayas! —rogó Sofía—. *¡Por favor!* ¡No te vayas!, suplico!

—¿Quieres vivir así? —respondió Carmen en un susurro—. ¿Puedes? ¿Quieres que te controle todo el tiempo? ¿Puedes vivir con las amenazas constantes de que nos delatará? ¡No! No voy a vivir así aquí bajo sus estrictas reglas. ¡Es demasiado implacable, cruel y prejuiciosa! Nuestra tía no entiende. Ha olvidado qué es y cómo es la vida. Ha olvidado quién es su familia. Sus estándares y valores *no son los nuestros*. Trata a sus hijas como princesas, a su hijo como a un príncipe.

Ellos no pueden hacer nada malo. Nos trata como si fuéramos *nadie* en su casa. No hay compasión ni empatía. En realidad, no le importamos. Lo único que ella quiere es alguien a quien gritarle, pagar sus cuentas y atribuirse el mérito de *supuestamente* ayudarnos. Aquí no tenemos apoyo. Hay una vida mejor allá afuera, ¡y la voy a encontrar, para mí y para mi hija! ¡Voy a hacer que nuestra madre se sienta orgullosa!

Más tarde esa noche como a las 11:00, el tío Franco regresó de llevar a su hija mayor a la escuela bíblica en Rochester. Estaba a unos cuarenta y cinco minutos en coche de su casa. Tan pronto cruzaron la puerta, Martina le contó a Franco todo lo ocurrido esa noche, *menos* lo del dominicano.

Sin tocar la puerta, entraron directamente al dormitorio para hablar con Carmen sobre su arrebato y reiterarle su regla sobre los hombres. Enseguida vieron que se había ido. Sofía yacía allí, de espaldas a ellos. Tenía los ojos cerrados. Le daba un miedo terrible darse la vuelta y dirigirse a ellos, así que mantuvo los ojos bien cerrados y fingió dormir.

Al unísono, Martina y Franco le gritaron que se levantara.

—¿Dónde está? —preguntaron. Martina no tardó en llamar "*mentirosa*" a Sofía.

—¡*Como tu madre*!

Finalmente, algunas cosas empezaron a tener sentido. Sofía cayó en cuenta de que su madre y Martina no debieron haberse llevado bien desde pequeñas, y que ahora que llevan tanto tiempo viviendo separadas, la tía Martina ha ido renegando poco a poco de su pasado... de su cultura, de su gente y de su propia hermana.

De alguna manera, encontró las palabras para responder a la acusación de su tía. Así que las soltó, pero en un tono más suave.

—No deberías insultar a mi madre, tu propia hermana.

—¡Ingratas! —continuó Martina—. ¡No aprovechan lo que tienen y las oportunidades que les he dado!

Ella y el tío Franco salieron furiosos.

Sofía permaneció en silencio. En cuanto se fueron, se metió bajo las sábanas y llamó a su mamá. Habló muy bajo para que nadie la oyera. Sofía lloró suavemente mientras se secaba las lágrimas.

—¿Qué pasa? —preguntó Betina frenéticamente—. ¿Por qué lloras? ¿Por qué se fue Carmen? ¡Ella se va a perder allí!

Una vez más, ella estaba preocupada por las cosas que estaban atravesando sus hijas.

Sofía relató la discusión entre Carmen y su tía, la falta de comunicación, la falta de confianza y respeto entre ambas partes, especialmente los sentimientos que tía Martina había guardo a través de los años.

—No te preocupes, mamá —dijo Sofía—. Carmen se fue con una buena amiga del trabajo, así que está a salvo. Yo sigo aquí. Lo solucionaremos.

La conversación fue corta. Sofía llamó a su amiga para ver cómo estaba Carmen, pero Carmen no contestó. Volvió a orar a Dios y le pidió uno o dos favores más.

«¿Cómo es posible que esta discusión familiar me haga sentir peor de lo que he pasado en el viaje para cruzar la frontera? Al menos de camino aquí, tenía a mi hermana y a mi sobrina al lado. Pero ahora estoy sola».

Y una vez más, Sofía lloró hasta quedarse dormida.

A la mañana siguiente, Sofía evitó a su tía y se escabulló para ir a la escuela. No quería recordar ni hablar de lo que había pasado la noche anterior. En cambio, solo quería fingir. A veces, la escuela era un escape temporal de la cruda realidad que vivía en casa de su tía.

«Hoy pasará algo bueno. Quizás aprenda algo más de inglés», se imaginó.

De regreso a casa después de la escuela, Sofía se sentó en el autobús y miró por la ventana de cristal perdida en sus pensamientos. Pensó en lo que significaba vivir bajo las reglas de su tía.

«¡No quiero ir a esa casa sin mi hermana!»

Esperaba que la ruta del autobús durara lo máximo posible para evitar lo inevitable.

«Seguramente mi tía me va a entregar y me va a enviar de regreso. Seguramente volveré a la policía de inmigración. ¿Cómo podría vivir sin mi hermana?»

Le costaba contener las lágrimas mientras reflexionaba acera de los hechos. Necesitaba a su hermana. Extrañaba a su madre. Extrañaba su hogar en Guatemala.

Tras respirar hondo, Sofía giró la manija de la puerta y entró. Se puso manos a la obra. Limpió las encimeras, recogió y se dedicó a cualquier tarea doméstica que pudiera hacer—— cualquier cosa que le gustara a su tía.

Hasta ese momento, ni a ella ni a Carmen se les había permitido cocinar para la familia, solo para ellas. Siempre permanecían separadas del resto. Sofía ya no quería estar separada. Supuso que era para controlar lo que comían.

Pero cuando Martina llegó a casa esa noche, su ira se volvió hacia Sofía. Ahora que Carmen se había ido, sentía que ella misma era la causa de todo el resentimiento y la miseria que su tía les guardaba. Sus primeros comentarios al pasar por la puerta fueron confusos.

—¡Ya eres grande para cocinar! —exclamó—. ¿Por qué no está lista la comida cuando llego a casa?

Martina ahora le exigió que cocinara, pero no le mostró cómo quería que le prepararan la comida ni para cuándo.

«¿Lo haría a propósito? ¿Una trampa para que volviera a tener razón?»

Sus hijas también estaban allí, pero todos los comentarios eran para Sofía. Sabía que algo estaba por venir, así que se preparó para lo peor.

—¡Estoy cansada! —dijo Martina—. ¡Trabajé todo el día y me gustaría comer al llegar a casa!

Mientras su tía divagaba, Sofía la observaba fijamente y reflexionaba sobre lo que había dicho.

«Martina presume de ser la única de la familia con documentación legal como si fuera un pedigrí. Hace alarde de ser ciudadana legal de Estados Unidos. Se deleita con tener una casa y de que sus hijos hubieron nacido aquí. Se jacta como si tuviera derecho, como si fuera la única de su familia de origen que realmente lo logró. Desprecia al resto de la familia como si estuvieran atrapados allí sin esperanza. No sé por qué se siente así, pero sé en cada célula de mi ser que no está bien».

Recordó lo que su madre les contó sobre la única vez que Martina regresó a Guatemala de visita, después de recibir su tarjeta de residente permanente—también conocida como "tarjeta verde".

«Mamá dijo que Tía Martina hizo un gran alboroto por la visita; llegó con ropa nueva, el pelo teñido y las uñas pintadas. Se comportó como una reina, como si fuera la única que había "escapado" de la vida en San Marcos. Yo era una bebé, así que no lo recuerdo. Pero por lo que veo ahora, entiendo a qué se refería».

Sofía no dijo nada y siguió escuchando a su tía. No dejó que los insultos la afectaran como a Carmen.

«Necesito prepararme... con la tía, siempre hay algo que no sale bien o que no es lo suficientemente bueno. Sigo en esta casa. Sigo bajo un techo. Todavía tengo una oportunidad. Todavía puedo hacer que las cosas funcionen. Puedo tolerar las reglas aquí. No puedo ceder, todavía no».

El trato de Martina hacia Sofía continuó durante dos años más. Desafortunadamente, cada día se le hacía más difícil. La escuela siguió siendo una meta y un escape de los comentarios de su tía acerca de que ella nunca hacía las cosas bien.

Su inglés avanzaba a paso lento. La clase de inglés como segundo idioma era su favorita porque su profesora entendía lo difícil que era para los inmigrantes indocumentados. También en esa clase, podía hablar con otros hispanos.

Después de la escuela, Sofía seguía lavando su ropa, mantenía su habitación impecable, limpiaba el baño, cortaba el césped o quitaba la nieve según el clima, y hacía toda la limpieza de la casa antes de que la tía regresara del trabajo.

En secreto, siguió hablando con Carmen, quien consiguió un apartamento con otras dos compañeras. Carmen, siempre ingeniosa y dedicada a su trabajo en la fábrica, trabajó incansablemente para encontrar la manera de mantener a Carmelita sin problemas.

Una vez al año, Sofía se reportaba con el abogado de inmigración para documentar su situación en Estados Unidos. Estos registros obligatorios eran cruciales para aumentar las probabilidades de obtener su tarjeta de residente permanente. Dependía de su tía para que la llevara allí y la ayudara a informar sobre su progreso en Nueva

York. Encontró trabajo temporal en establos y en granjas de maíz o en huertos frutales. Eso le permitió ganar suficiente dinero para enviarle algo a su madre, pagarle a su tía, ahorrar y de vez en cuando comprarse algo.

Carmen había ignorado las exigencias de su tía. Sofía, sin embargo, se sentía más dolida que furiosa. No entendía cómo su tía calculaba las deudas o las fallas de ella; mientras vivía allí, ella limpiaba, cocinaba y obedecía todas sus órdenes. Ella justificaba que los servicios de limpieza prestados deberían haber sido suficientes para compensar cualquier gasto de su tía.

«¿Y el amor de la familia?», se preguntaba con dolor.

Sofía soportó los regaños y la falta de compasión por su situación. Extrañaba vivir con Carmen, pero se quedaba con su tía con la esperanza de estar haciendo lo correcto... aunque no había mucha diversión ni disfrute durante su estancia allí. Lo mejor siempre era cuando tenía la oportunidad de llamar a su madre.

Un día, estaba en los campos de fresas, cuando Sofía empezó a pensar en todo lo que había tolerado y se había reprimido desde que salió de Guatemala. Pensó en los peligros, los riesgos, la emoción, las decepciones, las mentiras, el paraíso que esperaba y que nunca llegó a aparecer al otro lado de la frontera. Pensó en la renuencia de su tía a ayudarlas de verdad. Se estremeció al ver la facilidad con la que su tía dejó atrás su país y menospreció a los demás, llamándolo "apoyo". Recordó las llamadas semanales que hacía a su madre y revivió el trauma que le contaba a Betina todo el tiempo. Llegó el momento de que Sofía finalmente decidiera qué quería para sí misma. Llegó el momento de dejar la casa de su tía Martina.

Cuidadosamente, planeó una partida en su mente. Cuanto más lo pensaba, más emocionada se sentía. Se sintió liberada, casi saboreando la libertad al llevarse una fresa a la boca. Finalmente, estaba lista para desplegar sus alas. Recogiendo fruta de las viñas, ahora tan segura como Carmen años atrás, Sofía concluyó que no podía soportar más ésta vida. Se dio cuenta de que estaba harta ya. Se cansó de las reglas de otros, explícitas o implícitas. Su decisión era ineludible.

Esa noche, llamó a su mamá.

—¿Tengo tu bendición para irme? —le preguntó.

—*Sí*, ya es hora —respondió Betina—. Llama a Carmen a ver si puede ayudarte.

Carmen le dijo a Sofía que aún no podía acogerla, pero que estaba contenta de empezar a buscar un lugar donde pudieran vivir juntas. No tardó mucho en encontrar un apartamento para las tres.

—¿Segura que quieres hacer esto? —preguntó Carmen—.

Sofía ofreció todo el dinero que tenía ahorrado y estaba dispuesta a mudarse y forjar su propia vida.

—Puedo ayudarte, pero no será fácil —le advirtió —. Debes seguir trabajando y estudiando.

Sofía llamó a su abogado de inmigración para asegurarse de que dejar la casa de su tía no perjudicaría sus posibilidades de algún día poder obtener una tarjeta de residente permanente y vivir en Estados Unidos para siempre.

—No —explicó el abogado—. De hecho, *podrías* demandar a tu tía por abuso verbal si quisieras.

—*Eso ¡No tiene sentido!* —respondió Sofía—. ¡Qué diferentes son los dos mundos que conozco!

Sofía estaba nerviosa, pero sorprendentemente tranquila a la vez. En cuanto Martina llegó del trabajo, se armó de valor para contarle su plan de mudarse.

—Ya tengo la maleta hecha —le dijo Sofía, sin emoción alguna.

—El momento para irte es perfecto —respondió Martina con calma—, porque ya es hora de que te vayas. Hemos invertido tiempo y dinero de más en apoyarte.

Le impresionó la tranquilidad de su tía. Le impactó lo feliz que estaba en dejarla ir. Martina no la miró a los ojos y continuó sin ninguna preocupación.

—No voy a detenerte —le dijo—. Si quieres forjar tu propio destino, vete... por mí está bien.

Sofía sabía que había algo extraño tras la calma que mostraba su tía. Pero sin perder un minuto más, llamó a su hermana. Carmen le pidió a una amiga que fuera a recogerla. Con su recién descubierta valentía, con la cabeza en alto y la mirada al frente, salió—decidida a no mirar atrás.

Para Sofía era difícil trabajar a tiempo completo y asistir a la secundaria al mismo tiempo. Trabajaba en el turno de noche, de tres de la tarde a doce de la noche. Eran diez horas más. Se levantaba a las seis de la mañana para ir a la escuela a la mañana siguiente y volvía a empezar. Como no sabía bien inglés, pensó que no llegaría a graduarse.

Desafortunadamente, dejó la escuela, pero con la intención de obtener un certificado de Desarrollo Educativo General (GED). Sentía muchísima envidia de su sobrina Carmelita, que, desde pequeña, estaba aprendiendo y hablando inglés de maravilla.

Y así fue. Sofía se fue a vivir con Carmen y tenían un pequeño apartamento tranquilo de dos habitaciones. Sofía encontró un mejor trabajo en una fábrica con una panadería al lado, donde podía trabajar cuando terminaba la temporada.

No pasó mucho tiempo antes de que su paz se interrumpiera. Martina tocó la puerta y le exigió $2,000 dólares a Carmen y $6,000 a Sofía. La tía insistió en que le reembolsaran las visitas a los abogados, los $1,500 dólares que costaba cada uno de sus vuelos desde la frontera, además de la comida y el alquiler durante su estancia en su casa.

Desde ese día, nunca volvieron a hablarse como familia. Martina las bombardeaba con llamadas para intentar cobrar el dinero que, según ella, le debían. Sofía trabajaba constantemente en la panadería y complementaba sus ingresos con trabajos temporales en las diversas granjas locales. Estaba decidida a pagarle a su tía. Creía que ahora tenía voz y voto en su destino, y que su felicidad en el paraíso no estaba lejos.

«Epílogo»

P. ¿Cuál es la diferencia entre un logro y una realización?
R. El logro es cuando alcanzas un objetivo establecido externamente,
mientras que la realización significa que has completado una misión motivada internamente, más bien por satisfacción personal y
cumplimiento duradera.

Hay miles y miles de historias de migrantes no contadas. La de Sofía
nos ofrece un vistazo a una arriesgada cadena de acontecimientos,
mostrando la clara división al otro lado de la frontera, donde la hierba
brilla más verde. También es una de la que todos pueden aprender,
como yo, el día que ella, a regañadientes, la compartió en el segundo
piso del baño de chicas de la escuela. Sus recuerdos reflejan la búsqueda
que todos en la cadena anhelan, sin importar cuán pequeño sea el
eslabón. Se dio cuenta, como muchos otros que eligieron este camino,
de que el viaje no se trataba tanto de romper las reglas, sino de tener
una vida plena, poder ayudar a su familia a prosperar y salir adelante...
un obstáculo a la vez.

POR SALLY J. DORAN

Al final, todos estaban juntos en esto. Todos los que formaban parte del vínculo contribuyeron a ese cambio, sin importar el obstáculo, sin importar un muro de dos metros en la Frontera Sur. Ojalá algún día pueda compartir libremente su propia historia —sus logros y realizaciones—como se ha hecho aquí.

Como su maestra, al recordar esa época en un artículo corto en el periódico de su escuela secundaria jamás podría explicar adecuadamente su búsqueda de la felicidad ni cómo su viaje nos mostró el poder de situaciones y sistemas mucho más grandes que el suyo. En retrospectiva, es fácil entender por qué tardó tanto en expresar a sus compañeros de clase de dónde venía. Como migrante, no quería estar atada al sufrimiento y tener oportunidades limitadas. Simplemente quería ser importante, tener un propósito, ser querida, trabajar y tener la libertad de hacerlo. Su historia refleja que existe la supervivencia con el cambio, el riesgo y algunas oportunidades afortunadas. Refleja cómo las redes sociales propician ese cambio, aunque de forma encubierta. ¿Cuántos habrían sentido o comprendido eso sin conocer *toda* su historia?

Sofía logró el objetivo de su madre de dejar atrás una vida problemática mientras apoyaba a su hermana Carmen y a su bebé Carmelita. Logró el difícil y arriesgado viaje de cruzar sana y salva la Frontera Sur de Estados Unidos. Realizó la misión de honrar a su familia, tanto en su país natal como en Estados Unidos, lo mejor que pudo. Realizó un avance en su vida frente a la frialdad y encontró su propia voz. Aunque aún no había obtenido la codiciada residencia permanente legal ("The Green Card"), la ciudadanía seguiría siendo su objetivo. Quizás, si bien esta experiencia influyó en algunos de sus logros y realizaciones, muchos otros factores también influirían en los resultados.

Por mucho que lo intentara, a Sofía le costaba olvidar por completo la situación que dejó en casa de su tía y, por lo tanto, proclamarse victoriosa. Se auto culpaba mucho, y no podía justificar cómo dar y esforzarse al máximo, podía sacar lo peor de su tía. Con el estrés diario de ir a la escuela y al trabajo, y estando tan lejos de su hogar natal, algo tenía que ceder. No estaba segura de cómo terminar sus estudios, pero aprendió que ninguna situación dura para siempre. Se convenció de que ésta era solamente una etapa temporal en su vida y que con el tiempo obtendría su diploma de bachillerato. Dejó que la fe guiara sus pensamientos.

Afortunadamente, Sofía encontró la manera de expresar lo que sentía y necesitaba. Aprendió cuándo callar y cuándo hablar. Aprendió cuándo obedecer las reglas y cuándo crear las suyas propias. Sofía ahora llevaba la cuenta y aprendió a defenderse cada vez que dejaba parte de sus ganancias en casa de su tía. Se matriculó en clases nocturnas para terminar la secundaria. Sus avances a veces fueron pequeños, pero cada uno contribuyó a un mayor éxito general.

La historia de Sofía combinó su herencia cultural y cada obstácu-lo desconocido y arriesgado en una historia personal para alcanzar el ansiado destino. Observó las intrigantes maniobras de los coyotes como eslabones de una cadena ininterrumpida, conectándolos en cada movimiento y en cada paso de todos los participantes.

El muro de dos metros se convirtió en una metáfora de su vida, mientras guardaba emocionalmente las razones por las que vino. Lo-gró brincarlo, aunque no sabía cómo hacerlo ni podía ver a través de él, ella pudo "atrapar a la bebé" y seguir adelante. Al llegar a casa de su tía, tuvo que aprender a defenderse y a enfrentar nuevas definiciones de lo que significa la familia. Sofía tuvo que aceptar su nuevo rol viviendo en Estados Unidos y cómo sortear obstáculos imprevistos para finalmente realizar lo que había venido a buscar. Su historia demostró lo maravilloso que es el ser humano cuando perseveran ante las dificultades.

Cruzar la Frontera Sur de Estados Unidos ayudó a Sofía y a su familia a encontrar el cambio que necesitaban. Les mostró el funcionamiento interno de la familia, las raíces de los problemas, las luchas, los sacrificios y la cadena de eventos que llevaron al desarraigo y reestablecer sus vidas.

Ella se negó a preguntarse cómo habría sido la vida si nunca hubiera viajado hasta aquí y tuvo que aceptar que su madre no tenía mucho que planear de manera diferente para ella, porque ambas hicieron grandes sacrificios. Tuvo que olvidar lo que dejó atrás y reevaluar su situación para seguir adelante. Siempre se preguntará si este es su destino final o si existe una vida de felicidad en el paraíso más allá de la Frontera Sur.

«¿Dónde están ahora?»

Aviso legal: Esta es una obra de ficción. Salvo indicación contraria, todos los nombres, personajes, empresas, lugares, eventos e incidentes de este libro son producto de la imaginación del autor o se utilizan de forma ficticia. Cualquier parecido con personas reales, vivas o muertas, o con eventos reales es pura coincidencia.

Gunner se casó con otra mujer varios años después y es padre de otra niña. Dejó su trabajo en la zapatería de su madre y ahora se dedica a la agricultura, su principal fuente de empleo. Casi no tiene relación con Carmen ni con Carmelita. Aunque Carmen le permite contactarse con su hija por teléfono ocasionalmente, no pasan mucho tiempo hablando porque la pequeña Carmelita no quiere hablar con él. Carmelita está sana, feliz y habla inglés y español a la perfección.

La tía Martina a veces va a la misma iglesia que Sofía en busca de más dinero. Declara que las niñas aún le deben. Su hija mayor se fue de casa en cuanto tuvo edad suficiente para vivir independientemente con su novio, lo cual definitivamente iba en contra de las reglas. Ella también estaba harta de las reglas. Ella y su madre no se han hablado.

POR SALLY J. DORAN

Betina llama a sus hijas semanalmente. No tiene dinero ni documentos legales que le permitan visitarlas, pero espera y reza cada día para que llegue ese día y no se permite pensarlo mucho. Está feliz de que no corran peligro y de que hayan encontrado su camino en Estados Unidos. Betina y su hermana Martina no se hablan. Cree que criar hijas lo suficientemente inteligentes y astutas como para encontrar su camino significa que ha cumplido con su deber. En el fondo, también cree que sus hijas no eran suyas para que las tuviera, sino para que las dejara ir y alcanzaran el éxito por sí solas... esa es la única forma en que puede justificar no vivir cerca de ellas.

Carmen ahora vive en Ohio con su novio mexicano, a quien conoció por casualidad en la fiesta de cumpleaños de una amiga. Una vez que Carmen y Carmelita se mudaron, nunca volvieron a hablar con Martina, excepto para devolverle el dinero que su tía declaró que debían. Ella logró reembolsarle los dos mil dólares que ganó en una granja que contrataba trabajadores temporales. Si tuviera que hacerlo, Carmen se iría de Guatemala y lo haría todo de nuevo. Dice que ha aprendido que puede mantener a su hija en Estados Unidos y darle una vida mejor sin el miedo y la ira de la violencia doméstica.

Cuando le preguntaron cuál fue la peor parte de todo el viaje, sin dudarlo, respondió: "¡*Fue cuando dejé el teléfono cargando en la pared y no pude hablar con mi mamá!*" Se sentía muy culpable por estar sola en otro país, poniendo en peligro su seguridad en una zona de México conocida por la violencia. Carmen se siente afortunada de tener un vínculo tan fuerte con su hermana. Está convencida de que tiene la fuerza para sobrevivir y resolver cualquier problema futuro que puedan enfrentar, ya que se prometen ayudarse siempre mutuamente.

En 2020, **Sofía** se esforzó al máximo y finalmente logró graduarse de la preparatoria con un certificado de Desarrollo Educativo General

(GED). No completó la educación que esperaba, pero reconoció que fue mejor de lo que habría hecho en su país. Aunque se siente aliviada y aprecia que su inglés esté progresando, solo tiene unos pocos amigos en la iglesia o en la escuela donde hablan su lengua materna. Sofía vive como mucha gente, día a día. Sin embargo, le devolvió a su tía seis mil dólares en tan solo dos años, y le envió dinero a su madre para pagar el préstamo del coyote. Sigue sintiendo gratitud por la oportunidad de haber vivido con su tía y sus primos.

Sofía aún no ha podido compartir muchas de sus experiencias con la gente que conoce. Aún teme tener que mantener su pasado en privado. Incluso ahora, no se necesita mucho para despertar recuerdos del pasado, así que prefiere vivir el presente. Se estremece al pensar cómo respondería si un policía le pidiera su identificación.

A veces, la vida cotidiana al otro lado de la frontera le resulta difícil... por ejemplo, no tiene tarjeta de crédito para simplificar una compra que quisiera hacer en Amazon y tiene que contar con amigos cercanos. Todavía no tiene licencia de conducir y teme ir al dentista o al médico porque su trabajo no cubre muchos seguros. Le cuesta encontrar los ingredientes para preparar la comida con la que creció, así que está adaptando sus platillos de pollo guatemalteco a sabrosos platillos al estilo americano. Nunca le gustó la mantequilla de cacahuete.

La mejor noticia de todas es que Sofía encontró al amor de su vida, Xavier. Xavier es de Costa Rica y llegó a Estados Unidos hace ocho años de forma similar a Sofía. Tiene una visa de trabajo y trabaja para una constructora. Se conocieron en la iglesia y dos años después celebraron una hermosa ceremonia de boda. Aunque técnicamente su matrimonio no es oficial, Sofía quiere demostrarle al mundo que está comprometida con él y con su vida aquí, mientras esperan su residencia permanente. Ni la tía Martina ni sus primos fueron invitados.

POR SALLY J. DORAN

Por ahora, no planean tener hijos porque si los tienen, y alguno de ellos fuera deportado repentinamente, quedarían separados y podrían perder el sueño americano para ellos y sus futuros hijos, junto con la vida que tanto han luchado por crear. Sofía dice que quizás no sea el final del cuento de hadas que uno desearía, pero ella realmente cree en el dicho: *La verdad puede no triunfar, pero persiste.*

Su mayor esperanza, su sueño americano, es que algún día pueda viajar libremente a Guatemala y traer a su madre a visitar la vida que ha comenzado al otro lado de la Frontera Sur. Cuando se le pregunta si lo volvería a hacer si fuera necesario, responde con firmeza: "¡*Sí*!" Ahora tiene una voz, un sueño, una meta clara, y sabe con certeza que ha sentado las bases para sus futuros hijos, quienes seguramente lo harán mejor... tal como su madre lo hizo por ella.

«Preguntas de discusión»

«Preguntas temáticas para un club de lectura o debate en clase»

1. **Amor: ¿Qué significa el amor? ¿En qué se diferencia del afecto y la bondad?**

- ¿Cómo nos hace actuar el amor? ¿Somos responsables de ello? (¿Actuó Betina con amor?) (¿Sofía actuaba con amor?)

- ¿Cuándo demostramos amor? ¿Cuándo podemos y cuándo no podemos demostrarlo?

- ¿Cuál es la diferencia entre el amor y la lujuria como se ve en esta historia?

- ¿Cuesta el amor? ¿Cuesta tu libertad o tus sueños? ¿Eres libre para amar? ¿Por qué?

- ¿Amor entre hermanas?

- ¿Amor entre una madre (Betina) y una hija (Sofía, Carmen)?

- ¿Amor entre una madre y una bebé (Carmelita) o entre una madre (Reina) y un hijo adulto (Gunner)?

- El amor entre una mujer divorciada y su antiguo amor: ¿puede cambiar o seguirá igual?

- El amor de una persona que añora a otra: ¿por qué sucede esto?

- ¿Amor entre miembros de una familia que se han mudado o que no se han visto durante mucho tiempo?

- ¿El amor de una mujer despreciada que no tenía la vida ni el hombre que ella quería?

- El amor de un hombre hacia una mujer que realmente no le gusta: ¿puede eso ser amor?

- Amor a la patria: ¿qué es el patriotismo?

2. **Cambio: ¿Qué significa el cambio?**

- ¿Cuándo cambian, evolucionan o maduran las personas? ¿En qué circunstancias?

- ¿Son las personas libres de cambiar?

- ¿La libertad genera cambios? ¿Eres libre si te mantienes fiel a ti mismo?

- ¿Cambió Sofía?

- ¿Cambió Carmen?

- Una vez que Martina dejó su país, ¿cambió o repitió/recicló algunas de las mismas tendencias en su nuevo país? ¿Cambió Martina?

- ¿Puedes cambiar tu cultura? ¿Puedes olvidarla?

- ¿Cambiará el taxista, Gunner, Reina o alguno de los otros?

- ¿Cambiará un país? ¿puede cambiar un país?

- ¿Cómo cambia la migración a un país? ¿cambia a la gente? ¿los resultados?

- Cuando cambias la manera de mirar las cosas, las cosas que miras cambian... ¿verdad?

3. **Reglas: ¿Por qué tenemos reglas? ¿Quién se beneficia?**

- ¿Cuándo debemos obedecer las reglas? ¿Cuándo debemos romperlas?

- ¿Cómo sabemos qué está bien y qué está mal? ¿Debemos creer todo lo que nos dicen? ¿Creía Sofía todo lo que le decían? ¿Por qué sí o por qué no?

- ¿Es aceptable saltarse o romper una regla? ¿Por qué?

- ¿Es la libertad una regla? ¿Quién lo dice?

- ¿Estuvo bien que Carmen se fuera sin avisarle al padre de

Carmelita?

- ¿Estuvo bien que los turistas no avisaran a los retenes sobre los migrantes a bordo?

- ¿Estaban justificadas las reglas de la tía Martina?

- ¿Carmen y Sofía tenían que obedecer las reglas? ¿Edwin las obedecía?

- ¿Tienes que recordar siempre tu historia, cultura y vida pasadas? ¿Quién lo dice?

- Cuando alcanzas el éxito, ¿siempre tienes que ayudar a otros a alcanzarlo también? ¿Estaba Martina obligada a ayudar a sus sobrinas como ellas esperaban? ¿Se equivocó al querer cobrar?

- ¿Es una regla esperar que ayudes a aquellos de tu misma cultura o de tu misma familia?

4. **Roles: ¿Cómo saben las personas qué rol desempeñan en la sociedad? ¿Y en la familia?**

- ¿Cómo llegan las personas a conocer su rol en la vida o a saber cómo desempeñarlo? ¿Quién se lo dice?

- ¿Qué significa ser empático, simpático, compasivo y/o impasible?

- ¿Qué significa ser humano? ¿Son los humanos libres de ser?

- ¿Qué significa ser un eslabón de una cadena? ¿Qué tan importante es saber que lo somos? ¿Puede haber alguien que no sea un eslabón?

- ¿Cuántos roles tenemos? ¿Se definen alguna vez?

- ¿Es el deber lo mismo que el rol? ¿Los guardias fronterizos tenían un rol o un deber?

- ¿Qué papel tienen los mitos, los sueños y las metas en nuestras vidas?

- ¿Tenía la señora del rancho la obligación de cocinar los huevos a la perfección?

- ¿Era Miguel altruista o egoísta? ¿Por qué le gustaba ayudar a la gente?

- ¿Cómo caracterizarías la reacción del anciano ante la tos de la bebé?

- ¿Era el papel de Sofía prestarle servicios de limpieza a su tía?

- ¿Qué papel tenía la autoridad? ¿La de Betina, la de Martina, la de los retenes?

5. Vulnerabilidad: ¿Qué significa ser vulnerable?

- ¿Las personas nacen vulnerables? ¿Es una característica aprendida? ¿El entorno las hace vulnerables?

- ¿Aprovecharse de los demás implica poder y fuerza, o es la debilidad de los demás? ¿Era Carmen vulnerable a Gunner? ¿Era Gunner vulnerable a su madre?

- ¿Es la culpa una opción legítima para los vulnerables, ignorantes o inocentes?

- ¿Son libres los vulnerables? ¿Tienen voz los vulnerables?

- ¿La valentía incita a las personas a ser vulnerables? ¿Qué motiva a las personas a aprovecharse de los vulnerables? ¿Qué deberían hacer las personas para evitar el peor escenario posible?

- ¿Por qué el retén dejó ir a Sofía?

- ¿Quién se aprovechó de quién? ¿Por qué? (taxista, retenes, policía mexicana, policía guatemalteca, políticas estadounidenses, ganaderos, coyotes, banqueros, restaurantes, etc.)

- ¿Martina se aprovechó de las chicas?

6. **El secretismo, la ingeniosidad, la creatividad: ¿cómo se manifiestan estas características?**

- ¿Cómo se manifestaron estos para los personajes?

- ¿Se considera el secretismo, en parte, ingeniosidad? ¿Es una cualidad adquirida?

- ¿Eres libre de ser ingenioso, creativo y reservado?

- ¿Soñar mejora tu creatividad? o ¿soñar te cuesta de otras maneras?

- ¿Son beneficiosas estas características? ¿Deberíamos desarrollarlas? ¿O es mejor —incluso más fácil y quizás más seguro— mantenernos en nuestro carril y seguir con lo que tenemos?

- ¿Cómo Carmen se volvió ingeniosa? ¿Qué dice eso de ella?

- ¿Cómo supo el conductor que debía reparar la llanta? ¿Y si no podía hacerlo?

- ¿Betina era ingeniosa o actuaba en base a otra característica?

- La necesidad de coser dinero en la ropa interior: ¿fue ingenioso, creativo, secreto o debería haber sido una señal de alerta de algo más?

- ¿Estaba bien que Betina guardara secretos sobre su pasado y sus planes con el resto de la familia? ¿Fue ventajoso o insensato mantenerlos en secreto?

- ¿Deberían los migrantes haberles ocultado secretos a los retenes? ¿Deberían el retén haber entregado a Sofía?

7. **Opciones: ¿Cuál es la relación entre una opción y una decisión?**

- ¿Tomas una decisión o 'haces' una decisión, como dicen en inglés?

- ¿Cómo saben las personas cuándo tomar una decisión? ¿Cuándo actuar?

- ¿La gente valora tener una opción?

- ¿Cómo se relacionan la libertad, los sueños o las metas con las opciones? ¿Somos siempre libres de elegir? ¿Por qué sí o por qué no?

- ¿Cómo se relacionan el deber, la obligación y la traición con las decisiones? ¿Tenía el retén el deber de entregar a Sofía?

- ¿Santiago tuvo opción? ¿Usó su instinto o le enseñaron?

- ¿Martina tuvo la opción de albergar a las niñas? ¿Por qué tomó la decisión de apoyarlas?

- ¿Sofía tuvo la opción de irse de la casa de su mamá o de su tía?

- ¿Sofía tenía la opción de hablar y ofrecer sus opiniones?

8. **Miedo, tener miedo a lo desconocido: ¿cómo afecta esto a una situación?**

- ¿Debemos temer a lo desconocido? ¿A quién o a qué debemos temer?

- ¿Este sentimiento de miedo ocurre solo en modo de supervivencia, en situaciones estresantes?

- ¿Se relacionan la libertad, los sueños o las metas con el miedo? ¿Cómo?

- ¿Cómo afecta la preocupación a las situaciones o problemas de las personas? ¿Cómo afectó a Betina? ¿A Martina?

- ¿Cómo las personas manejan situaciones con y sin preocupación?

- ¿Cuándo la gente está ansiosa? ¿Por qué?

- ¿Son malas las cosas que dan miedo?

- ¿Cuándo se justifican las reacciones? ¿Las reacciones de Carmen estaban justificadas?

- ¿Las reacciones de Gunner estaban justificadas?

- ¿Cómo afrontó Sofía los acontecimientos de su vida? ¿El muro? ¿Su nueva situación de vida?

9. Motivación: ¿Hasta qué punto las emociones motivan a las personas? ¿Somos siempre conscientes de ello?

- ¿Qué cosas o acontecimientos externos nos motivan a cambiar?

- ¿El dinero siempre motiva a la gente a hacer cosas?

- ¿De dónde viene la inspiración interior? ¿Cómo lo sabemos?

- ¿Está todo el mundo motivado por la libertad, por los sueños y las metas?

- La motivación de Betina: ¿estaba justificada?

- ¿Qué motivó más a Reina? ¿Venganza, ego, envidia, ambición o algo más?

- ¿Martina era amargada o servicial? ¿Tenía razón? ¿Se sintió motivada a olvidar su pasado?

- ¿En qué sentido la motivación de Carmen para dejar su hogar en Guatemala fue diferente o igual a la de dejar la casa de su tía?

- ¿Qué motivó a Sofía a acompañar a su hermana en un viaje

peligroso y, aun así, quedarse en casa de su tía sin ella? ¿Su decisión estuvo demasiado influenciada por otros o por lo que ella realmente deseaba?

10. **Supervivencia: ¿Qué significa sobrevivir?**

- ¿El éxito y la supervivencia están relacionados? Si sobrevives, ¿tienes éxito?

- ¿Cómo sobreviven las personas en situaciones difíciles? ¿Qué necesitan?

- Si sobrevives ¿serás libre?

- ¿Puedes sobrevivir a tus propias emociones, sentimientos o debilidades? ¿Puedes sobrevivir a tus propios pensamientos? ¿Cómo?

- ¿Se necesita dinero para sobrevivir?

- ¿Puede la gente sobrevivir sin amor? ¿Sin familia? ¿Sin propósito? ¿Sin un rol? ¿Sin trabajo?

- Meter hombres en la caja de un camión, ¿era eso supervivencia?

- ¿Sobrevivió Carmen en su relación con Gunner?

- ¿Tuvo Sofía que irse de su país para sobrevivir? ¿Tuvo que quedarse para sobrevivir?

«Acerca del autor»

Sally Doran creció en una familia irlandesa numerosa y ha vivido en Estados Unidos, España y Puerto Rico. Licenciada en español y con una maestría en Enseñanza del Inglés como Segundo Idioma, es una educadora con décadas de experiencia en la enseñanza de idiomas y la comprensión cultural. Entre sus logros profesionales se incluyen capacitaciones en Coaching Cognitivo y su trabajo en la Oficina de Educación Bilingüe del Estado de Nueva York.

Como profesora adjunta universitaria ha impartido clases en el estado de Nueva York, tales como: Columbia College, Le Moyne College, Nazareth College y en Puerto Rico: Universidad Interamericana, Universidad de Puerto Rico y en la Universidad Politécnica. Sally ha sido miembro de la Comunidad de Escritores de la Hay House (Publisher) Writers Community y recibió un premio de mención honorífica, reconociendo al excelente trabajo en un concurso de propuestas cuando se presentaron más de 300 propuestas. También es hipnotista certificada por the National Guild of Hypnotists. Sally atribuye su formación docente y su capacidad de escuchar al profundo conocimiento del poder del lenguaje. Actualmente reside y enseña en el norte del estado de Nueva York.

«Más información»

Para saber más sobre Sally J. Doran y *Cruzando la Frontera Del Sur*, visite www.sallyjdoran.com. Si tiene preguntas o comentarios, escriba a su equipo de trabajo a sallyjdoranauthor@gmail.com.

Fuente de Inspiración

https://www.youtube.com/watch?v=sCTFcFJp5J4

Mojado · Ricardo Arjona Adentro ℗ 2005

Metamorfosis Enterprises Limited, under exclusive license to Interscope Capitol Labels Group Released on: 2005-12-06 Composer, Writer: Ricardo Arjona Auto-generated by YouTube.

www.ingramcontent.com/pod-product-compliance
Lightning Source LLC
Chambersburg PA
CBHW030423120726
47903CB00003B/786